U0939392

相逢的人会再相逢

{The First and Last Love}

李　田________著

湖南文艺出版社
HUNAN LITERATURE AND ART PUBLISHING HOUSE
博集天卷
CS-BOOKY

图书在版编目（CIP）数据

相逢的人会再相逢/李田著.—长沙：湖南文艺出版社，2016.7
ISBN 978-7-5404-7599-4

Ⅰ.①相… Ⅱ.①李… Ⅲ.①短篇小说—小说集—中国—当代 Ⅳ.①I247.7

中国版本图书馆CIP数据核字（2016）第090507号

上架建议：畅销 | 情感故事集

XIANGFENG DE REN HUI ZAI XIANGFENG
相逢的人会再相逢

作　　者：李　田
出 版 人：刘清华
责任编辑：薛　健　刘诗哲
监　　制：与　其　刘　霁
特约策划：谢晓梅
特约编辑：周子琦
营销编辑：杨　帆
装帧设计：利　锐
内文摄影：@摄影师蝈蝈小姐
封面摄影：孔　维
出版发行：湖南文艺出版社
（长沙市雨花区东二环一段508号 邮编：410014）
网　　址：www.hnwy.net
印　　刷：北京嘉业印刷厂
经　　销：新华书店
开　　本：880mm × 1230mm 1/32
字　　数：195千字
印　　张：9.5
版　　次：2016年7月第1版
印　　次：2020年1月第2次印刷
书　　号：ISBN 978-7-5404-7599-4
定　　价：36.00元

质量监督电话：010-59096394
团购电话：010-59320018

你是我最远的梦想、最近的未来，

和最快妥协的命运。

自序

爱情小说有什么好写的

1

可能因为我是写爱情小说的，每次出去签售做访谈，读者和我交流的也都是爱情问题。

去年夏天，出版社安排我和三位女作者去杭州萧山中学做讲座，主题为“我是如何走上写作道路的”。编辑三禾说这个讲座很适合我，因为我的文学之路最曲折，一定能够讲得精彩纷呈催人泪下。

我花两天时间准备了五千字讲稿，结果到了萧山，读者并不关心我是如何走上写作道路的，他们关心其他三位女作者的创作历程，轮到我的时候就变成了爱情咨询：交女朋友了没，对早恋什么态度啊，接受多大的年龄差，能给个微信号吗……坐在台下的校长脸都绿了，我连忙劝大家好好学习，将来报效祖国。

去年冬天，微博上有个读者给我留言：“你的后记比小说好看。”

我看了很生气，让她说清楚我的小说到底哪儿不好看了，以及后记里的什么内容好看，说不清楚就诅咒她这辈子找不到男朋友。大概是怕找不到男朋友，她很认真地回答我：小说里都是作者编造的爱情故事，后记里才是作者真实的爱情生活，真实的比虚构的感人多了。

我翻了翻后记，发现里面写的都是我追求爱情的心路历程：我在哪儿，遇见了谁，如何喜欢，怎么去追求的，遭遇了什么样的挫折，失恋后我如何难过，错过我的姑娘们都瞎了吗……诸如此类，确实感人。我问那个读者，如果我把现实中的爱情写进小说里，会有人喜欢看吗，她说当然喜欢看了，你看张嘉佳多红。

于是，我用自己的真实恋爱经历写了篇小说《最初的相遇，最后的别离》，发出来后反响还不错。有人给我发私信问故事是真的吗，跟拉拉谈恋爱感觉如何，哈哈哈地嘲笑我。还有人出主意，把小说题目改成《我的拉拉女友》，发到微博上肯定会火。之前那个读者也发私信说："为了红，你也是蛮拼的，你不怕前女友告你吗？"

我心想坏了，怎么把这茬儿给忘了。

我问吴忠全："如果你前女友把你们的爱情故事写成小说发表了，题目叫《我的基佬男友》，你会生气吗？"吴忠全说："我何止生气，我要去告她，索要精神损失费。"我顿时慌了，万一前女友来告我，索要精神损失费，那可怎么办？小说稿费也就两千块，再赔人家十几万，我不就亏大了。所以我㞞了，没敢发到微博上，错过了一次爆红的机会。

可前女友还是来找我了，约我面谈。起初我有点怕，但为了息事宁人，还是去见了一面。她说那篇小说写得蛮好的，看完之后她有点难过，觉得错过了我蛮可惜的。

一场虚惊。

五年前，刚签约公司时，几个作者聚在一起聊写作。

吴忠全问我，爱情小说有什么好写的？我反问他，朋友们见面时，都在谈论什么？是不是八卦最近谁和谁好了，谁和谁吹了，谁出轨了，谁出柜了……朋友见面八卦的话题，才是人们真正关心的。

所以说，爱情才是小说长盛不衰的主题。

吴忠全不以为然，冯源却听进去了，回去就写了本爱情小说。书出来之后，冯源找到我，说："我听你的去写爱情小说了，也没有红啊，你这个骗子。”我说：“你以为爱情小说是那么好写的吗，我写了那么多年都没有红。”吴忠全也站出来帮我说话：“冯源你写得太深奥了，连我都看不懂，你还想红，做梦去吧。”

后来，冯源就放弃了写作，创业去了。

不过，吴忠全忽然转型了，不再写严肃文学，出了本爱情小说集。里面有几篇文章被各个公众平台大号转载，一时间朋友圈被吴忠全的爱情故事刷屏了。我给他发微信：“快来谢我。”吴忠全回：“谢个屁啊，光看到贼吃肉，没看到贼挨打。读者们都在微博上骂我呢，说以为我能黑暗到底，没想到这么快就跟世界和解了。”我开玩笑：“如果你出道第一本就写这个，早就火了。”

玩笑归玩笑，当我们都开始写爱情小说了，才发现爱情小说虽然好写，但难以写好。毕竟在现实生活中，每个人都期待爱情，每个人都谈论爱情，在爱情这个话题中人人都是专家，人人都有无可取代的发言权，而且每个人对爱情的理解也都不一样。

知乎上有一个流传很广的提问：爱一个人是什么感觉？下面跟了六千多条回复，有几千字长文，也有短短几句话，获得点赞最多的是一个占星师的回答：好像突然有了软肋，也突然有了铠甲。

读到这句话，我被狠狠戳了一下。因为我正经历着人生中最漫长的一次单身，既没有铠甲，也没有软肋。

其实半年也不算久，吴忠全都是三年五年地单身。以前我很好奇他是怎么熬过来的，说：“如果我是你的话，三年没谈恋爱，可能已经死了。”吴忠全回击我，说：“如果我像你一样，三天两头被甩，我早自杀了。”

在他看来，我太容易爱上一个人了，都没真正和对方相处过，就不穿铠甲不顾软肋地从北京追到了上海。当初他劝我别犯傻时，我还给他哼田馥甄的歌：尽管叫我疯子，不准叫我傻子。

事实证明，他是对的。

到上海后三个月，我和她就分手了。

后来我才知道，吴忠全之所以劝我不要为了一个姑娘去上海，是因为他当初也是为了一个女生才来的北京。比我更幸运（或者更不幸）的是，落地北京当天，他们的爱情就画上了句点，于是就有了那篇感人肺腑的《我们没有在一起》。

在爱情小说里，我们伶牙俐齿、聪明机智，可在现实面前，我们既是疯子，又是傻子。

后来，我想明白了一个道理，哪怕是写爱情小说的，在爱情面前也难以得心应手。张爱玲的爱情也并不如意，张恨水一辈子也没有得到冰心，三毛写着写着自杀了，安妮宝贝改了个名字彻底皈依。

国外的作家也幸福不到哪儿去，太宰治和女读者自杀了三次，普希金为爱人决斗而死，简·奥斯汀一辈子单身……等想明白这一点，我都有点想转型了。

不过，爱情小说作者也有得天独厚的地方：可以用永恒的文字，记录下不能永恒的爱情。

这也是我至今还在写爱情小说的一个原因。

不知不觉，我已出道六年，写了十几篇爱情小说，每一篇都珍藏着一个深爱过的人。唯一的困扰就是，我需要不停地跟女友解释，小说嘛都是虚构的、骗人的，不能当真。

可最惨的是，现女友也是写小说的，并不相信我的鬼话，追问我什么时候把她写进小说里去。我看着她，坦白地说：“我只写结束了的爱情。我最希望的是，我的爱情小说里，永远没有你出现。”

在爱情小说里，我们伶牙俐齿、聪明机智，

可在现实面前，我们既是疯子，又是傻子。

相逢的人 V 会 再相逢

目 录

{ The First and Last Love }

最初的相遇，最后的别离 001

错过全世界，我也不想错过你 025

当我的好朋友遇到我的女朋友 065

假如爱你时我还拥有自由 095

现在的我和未来的你 121

继续走，继续失去 155

我们都是自己的丘比特 179

别哭，我亲爱的人 199

对的人终于会来到，因为犯的错够多 229

相逢的人会再相逢 253

世界总是反反复复错错落落地飘去

来不及叹息

生活不是平平淡淡从从容容的东西

不能放弃

这个世界上哪有那么多的缘分?

都不过是处心积虑才得以相识，得寸进尺才得以相爱。

我能想到的唯一能算作理想的东西，就是和你在一起。

相逢的人 V 会 再相逢

过去的事情总会过去，相逢的人会再相逢。

V
相逢的人 会 再相逢

我以为爱情

可以填满人生的遗憾。

然而，制造更多遗憾的，

却偏偏是爱情。

最初的相遇，最后的别离

{ The First and Last Love }

你飞到城市另一边／你飞了好远好远／飞过了蓝色的海岸线／飞过了我们的昨天

01

去年我还在学校念书，室友阿常迷上了好妹妹乐队的这首歌，每晚睡觉前都要循环播放，我听得腻味，无数次想提醒他戴上耳机，话到嘴边又咽了回去。阿常的女友住在北京东边，两人见一面不容易，或许那首歌刚好契合他的心情，才被单列出来反复播放，代替了恋人在耳边轻语的晚安。

那时我心里也住着一个人，她叫路莎，小我一岁，生活在千里之外的上海。几年前我读过她的一篇文章，印象深刻，几年后我也开始写小说，和一些作者成了朋友，她则是朋友的朋友。我们拥有彼此所有的联系方式，却从未说过话。直到某天我贴出一篇日志，她评论几句仍不尽意，才跳出来跟我聊天。

日志记录的是我的一个梦：我喜欢着前桌女生，而她身边却有一个青梅竹马的男生相伴，恋人未满，暧昧有余。我在梦里跟她表白后，她向竹马寻求意见，结果两人从朋友变成情侣。我发现自己的存在有点多余，狠狠心，选择和她成为陌路。

路莎给我讲了个相似的故事，唯一不同的是，得到爱情后失去友谊的女主，是她本人。至今，她对那个决意离开她的男生，仍抱有歉疚和怀念。只是，她不理解为什么男生如此绝情。我跟她解释，男生比女生更理性，当他意识到一段感情没有希望，就会选择抑制情感，全身而退。就像壮士断腕，不但需要勇气，而且离开时也一定会疼痛和不舍。

我鼓励她说，如果你还对他念念不忘，现在可以追他回来。

她说，如果当时了解，说不定会求他回来，现在已经来不及了。

我是个对朋友情事非常热心的人，追问她为什么来不及，他有女朋友了？他结婚了？他结婚离了又复婚了？他坐牢了？只要不是他死了，或者不喜欢女人了，还是有机会的。

她笑而不答，问起我的爱情观。

也没什么好隐瞒的，我一直觉得幸福就是有舍有得。遇到了就珍惜，错过了就释怀，分手后不能做朋友，旧的不去新的不来。

听起来玩世不恭，其实我内心在想，如果连爱情都不能专注于一人一身一心，这个世界还有什么事情值得人信服呢？

关于爱情的长谈，让我和路莎从陌生变得熟络。

她问我对未来做何打算，毕业是留在北京，还是去往别的地方？

我对人生没有过高的期望，唯独在意感情和写作。我告诉她，我打算课程一结束，就找个城市住下来写小说，遇到心爱的人呢，就留下来不走了。

她发了个羡慕的表情给我。

02

2012年初，公司在上海举办年会。路莎约我见面，顺便介绍女朋友给我。当时我在长沙刚失恋，整日闷在屋里写小说，听说有女生可以认识，毫不犹豫地答应了。路莎选了吴江路的“幸福川菜馆”，为了给新认识的女生留个好印象，我特意选了条颜色相宜的领带，提前过去等位。

路莎迟到了几分钟，抱歉地笑了笑，脱了外套坐下。我看她身后没有人，开玩笑问：“你要给我介绍的女朋友不会是你自己吧?

“当然不是啊。”

“那她怎么没有来？”

“人在北京呢，一会儿我给你她的电话，你回去约她见面就好了。”

原来是这样，我解开领带，换了个更为舒服的姿势观察她。

路莎本人比照片瘦，性格也比想象中开朗许多。自打长沙恋爱告终后，我已经有一个多月没和异性单独吃饭了，我发自本能地揶揄自己，逗她开心。她也嘻嘻哈哈地为我的各种冷段子捧场，酒足饭饱后，我们还靠在一起用手机拍了张合影。

我是个内心敏感又耽于幻想的人，和她第一次会面尚未结束，已经不遗余力幻想如果我们在一起会是怎样。可我又是一个悲观的人，不敢奢望她能对我一见钟情。

在送她去地铁站的路上，我努力克制想去挽留的冲动。她仿佛看穿了我的心意，停下来问我："是不是还有什么话想说？"

我摇摇头。

"那我走啦？"

地铁隆隆驶入站台，时间匆匆，不容等待。我心想豁出去了，哪怕被认为花心不靠谱也在所不惜，我面颊发烫，心情忐忑，声音颤抖着说："我想抱你一下。"

她笑着走到我面前："不就一个拥抱嘛，来，抱。"

地铁门开，地铁门关，地铁驶出站台，一个轻盈的拥抱，像前半生一样漫长。

"为什么要抱我？"她认真地问。

我一时失语，她随机笑说："看把你紧张的，我就随便问问，你有权保持沉默。"

我松了口气，脑子灵光一闪，说："我怕明天飞机失事了，我会因为没有抱过你而觉得遗憾。"

话一出口，我就后悔了。她倒是没有在意我的驽钝和矫情，笑话我，"写小说写傻了吗，用得着拿生命来开玩笑？"

我尴尬地和她挥手道别，回去路上跟自己较劲，用坠机死掉换得和她相拥这么几秒，到底值不值得。到宾馆也没想出个结果，可心里没死那一部分却蠢蠢欲动。我看着照片上的甜蜜依偎，不禁想起我改编过的段子：有的时候，人和人的缘分，一面就足够了。因为，这是个看脸的世界。

我连上 Wi-Fi，把合影发给她，关机睡觉。

醒来打开手机，密友里提醒路莎更新了微博：很久没有交男朋友，也很久很久没有对男生如此心动。

值了。

我心满意足地上了飞机，空姐提醒乘客扣好安全带，小屏幕上播放着逃生视频，看了两眼，起飞时我竟有些害怕，别真失事了。

我还想见路莎一面。

03

安全抵达北京，路莎又提起了给我介绍女朋友的事情。她把女生的电话发过来，让我去见见，语气坚定得仿佛那个拥抱、那条微博统统不存在。她这种故作满不在乎的隐忍，竟让我有些心动。

我推想，这是一个测试。我若去见那个女生，则表示我没那么在乎她。我不去见，她才能确定那天的拥抱是因为喜欢。

我想让她清晰地明白我的心意，逗她说：“连我这么优秀的男生，都舍得拱手让人，你的大方让人敬佩。”

她表扬我脸皮厚，继续怂恿：“那个女生挺漂亮的，没准儿见见你就喜欢了。”

我说："骗人，见完你，再看谁都不觉得漂亮了。"

她笑我油嘴滑舌，介绍女友的事告一段落。

我以为测试顺利通过，没想到她又发问："作为一个写小说的，为什么见面只聊爱情不聊文学？"

我继续胡诌："文学聊得再投机，也就多一个同行而已，而爱情聊好了，会有半辈子时间慢慢聊文学。"

这个答案她挺满意，问我是不是喜欢她，我说是，然后她就没下文了。

我慌了，回翻聊天记录，看到底哪句话说错了。电话骤然响起，路莎打过来的。

她没说喂，没说哈喽，只说了句："我也喜欢你。"拿电话的手和听电话的心产生了共振，两秒后，我镇定下来，说："我知道，我看到了你的微博。"

她呀了一声，说："坏了坏了，忘了我们是密友。"

我不禁想笑，她肯定记得，为了自尊心，才假装是一次失误，可爱而笨拙。

在她的循循善诱之下，我问她："要不要上演一段京沪爱情故事？北京这边男主角是我，上海那边女主角是你，我的剧本由我来准备，你的台词你自由发挥，我说 Action 我们就开始，你觉得如何？"

"Action！"

她笑了几声，语气诚恳地说自己不喜欢异地恋，周围朋友但凡异地恋，没一个有好结果。

“你可以来北京。”

“可我也不喜欢北京。”

“那我可以去上海。”

她惊喜地问：“真的吗？”

“在哪个城市生活，对我来说差别不大，既然你在上海，我就去上海咯。”

“那你什么时候来？”

“毕业了就去，还有一年的时间。”

“我在上海等你哦，你到上海那天，我们就开始恋爱。”

约定好了之后，我忍不住问，到底我身上哪一点让她心动。

她说：“你不要生气啊，我是个吃货，嗜辣如命，可遇到的男生大多口味太轻。那天，在幸福川菜馆，你点的每个菜都让我心动。吃饭时，我一直看你，心想如果你能做我男朋友该多好，以后我再也不用为点菜烦恼了。”

不管真假，我被这个答案逗笑了，揶揄她说：“我还以为你喜欢我的才貌双全。”

她哈哈笑了几声，说：“长相上，我还是更喜欢李敏镐一些。”

“可李敏镐只爱吃泡菜。”

“那为什么你的口味和我这么像？”

“你猜。”

“难道你也是个吃货？”

“一会儿挂了电话，你打开手机地图，我发我家地址给你。”

看完地图，她发了条语言信息：哇，离我家这么近，才两个小时车程，春节你不来找我玩简直该天诛地灭。

这么狠，那我还是去吧。

04

春节我去武汉玩了三天。

和所有的情侣一样，我们每天吃饭逛街看电影，跟所有的情侣不一样的是，我们没有住在一起。

不是没有机会，我去武汉前，路莎已经给我订好了房间。酒店就在她家附近，我们逛街走累了，还会进去歇一歇，我靠在床头吸烟，她靠在我的胸口。也不是因为她拒绝我，我压根儿就没有想过那件事情，不知道怎么形容，她身上有一种让人不往歪处想的劲儿。

“原来约会的感觉这么美好。”她说。

“看来你真是五年没有交男朋友了。”

“当然，你呢？”

“我打生下来到现在，就没交过男朋友。”

“问你正经的呢，好好说。”

“五个月吧，大概。”

“骗人。”她替我掐灭烟，掰着我的手指说，“我给你算算，一、

二、三，你还不到三个月。”

“你记性这么好还问我！”我向她认输，这五年里，我确实一直没闲着。我就这么一个大缺点，发自内心地热爱女性，五年不交女朋友我会死的吧。

“五年不谈恋爱，确实不容易。”

“是啊，上帝造一男一女，不就是让他们在一起的吗？”

“也不全是，我得跟你说件事情……”她捏着我的下巴，“其实，这五年里，我也一样没闲着。”

“你是说你……”我吃了一惊，要不是她捏着我的下巴，一定掉床上了。

“是的，我的缺点和你一样，喜欢女生。”

我终于明白她为什么会说现在来不及了，也终于搞清楚她那种让人不往歪处想的劲儿究竟是什么，竟无言以对。

“你不会是在嫌弃我吧？”

“我想知道，你现在是怎么想的。”

“遇到了你，我觉得，还是应该喜欢男生。”

“那我不嫌弃。”

05

开学回北京，阿常接的我，责问我交了女朋友也不吭声。

我讲了些皮毛，她叫路莎，以前写小说，现在不写了，在上海念研究生。

“异地恋啊，将来会很辛苦的哎，不过看你俩那么有夫妻相，肯定没问题，来，我给你放首歌。”

他往车载 CD 里塞了张碟，又是好妹妹乐队，又是《你飞到城市另一边》。听着听着，我有些被触动了，索性跟阿常说了实话，她是个拉拉。

“什么？”阿常惊恐中闯了个红灯。

“小心开车。”我说，“不过现在已经转直了，谁都会在感情中迷失，谁都有不堪的过去，对待过去最好的方式是让它过去，现在和以后更重要。现在她喜欢我，我也喜欢她，至于以后，我已经想好了，毕业就去上海。”

“我去！”阿常又闯了个红灯，他索性把车停在路边，点了支烟递过来，让我冷静下。

阿常说：“我们在北京生活了十年，老师同学亲戚朋友都在这边，工作好不好找先不说，兄弟们凑一块儿随便做点什么都能成事儿，千万别头脑一热，为个姑娘跑到上海，一切从头再来。”

他劝得很真诚，直到我答应他会仔细考虑，他才点火上路。

权衡了半年，结果仍是去上海。在这半年里，我出了本长篇小说，考了个驾照，写了十几集电视剧，去了一直想去的草原，花时间跟朋友们饮酒旅行纵情欢乐。醉倒之前还不忘把手机照片拿出来问大家，有没有夫妻相。

“有，有，有。”大家都随声附和，哄我安心醉去。

毕业论文拿了优秀，导师欣喜之余问我要不要考虑留校当老师，我说已经打算好毕业去上海，谢绝了她的好意。

阿常得知后，直接跳脚骂：“像留校这种千载难逢的好机会，不知道多少人挤破脑袋得不到，摆在你面前你却不要，是不是傻？！”“我的理由是，此之蜜糖，彼之砒霜。我自由散漫惯了，不喜欢有太多束缚的工作。当老师多累啊，又得备课，又要讲课，还只能站着讲。”

阿常说：“大学老师累屁啊，一周一两次课，法定节假日照过，每年还有三个月带薪假期，是不是傻？”我的理由是，我自己什么都不会呢，给别人上课讲什么？

阿常举例：“你看那谁谁谁，也屁都不会，不是还混得好好的？是不是傻？”“我的理由是……”阿常打断了我，“你的理由是：你傻。你以为我不知道吗？绕来绕去说这么多，不就是为路莎吗？”

我跟阿常讲了钱锺书写给杨绛的动人情话：见到她之前，我从未想到要结婚；娶了她几十年，从未后悔娶她，也未想过要娶别的女人。

我不确定自己会不会娶路莎，有一个事实不可否认，遇到她之后，我有一种尘埃落定的感觉。

她时不时发条信息打个电话，跟我说她想我。而我没有她那么直接，很少对她说“爱”“喜欢”或者“想念”，我只是把她当作自己未来的一部分，悉心规划。

微博里有句话是写给她的：你是我最远的梦想、最近的未来，和最快妥协的命运。

不知道路莎是否明白这是写给她的。阿常倒是看明白了，第一时间赶来捧场，转发评论简洁有力：傻。

06

来上海还不足百天，我和路莎的恋爱就结束了。

其实也不能叫结束，因为我们并没有真正开始。

来上海后，我和路莎见面次数并不多。一开始我到处去面试工作，没有太多时间去找她，直到我闲下来，才发现路莎工作比我还忙，根本没时间见我。路莎比我早半年毕业，去了一所私立学校当老师。她并不喜欢教书，没辞职是因为可以落户口。

如果阿常知道这件事，一定会觉得路莎聪明。

这也不是什么大问题。情侣之间，总要有一个聪明一个傻，一个理想一个实际，一个付出多一点，一个付出少一点，互补的一对才能天长地久过下去。

她没时间来找我，那么我就去找她。她平日四点下班，我三点出发去学校等她；她周末得去代课，我就一个人待在家里写小说；她嫌我住得远，那我就换个离她近的房子住；她没空陪我看房，我就借辆车一家一家转……

我的付出，终于有了回报。

3 月 8 日晚上，她买票请我去看 Bang Gang 现场。她下了课才能出发，要我提前过去占位。我心想摇滚现场，大家不都蹦着看吗，还需要占位？转念又想，那是北京，没准儿上海这边坐着看也说不定。我提前一个小时赶到 MAO Live House，发现根本就没有座位。我有点生气，随即脑袋里就冒出来个声音开导自己：好不容易过个节，你一大男人别这么计较，快去买张 Bang Gang 的签名 CD，藏车里给她一个惊喜。

OK，照办。

她迟到半小时，挤进来后，最喜欢的两首歌已经唱完了，返场也没重唱。回家路上，看她闷闷不乐，我打开车载音响，找到那首她最爱的 *Everytime I Look in Your Eyes*，拧大音量，按了播放。前奏响起那个瞬间，她握了握我的手表示感谢。

载她回家那十几分钟，是我到上海和她相见后，唯一的幸福时刻。

一路上没怎么说话，我专心开车，她安静听音乐。午夜上海灯火通明，Bang Gang 歌声低回感伤，我想起第一次见面那顿心动的晚餐，地铁站里那个轻盈的拥抱；我想起，当初起早贪黑考驾照，就是为了未来每天载她回家；我想起，当初着急忙慌找工作，就是为了未来能够赚钱养她……我想起，我很少跟她说起“爱”“喜欢”和“想念”，却把她当作自己未来的一部分，悉心规划。

不知不觉到了她家楼下，我下意识地感叹了句："好快啊。"

"哈哈，傻瓜，重庆南路到山阴路，你以为要开多久？"她微笑着随口一问。

不禁想起了《霍乱时期的爱情》的结尾，内心没死的那部分又蠢蠢欲动，我认真回答："早在一年两个月零七个日日夜夜之前，我就准备好了答案，一生一世。"

正要吻上，Bang Gang 却唱到了她另一首最爱——*Forever Now*，我俩被应景的歌曲逗得笑场。

笑完，她往我脸颊蜻蜓点水亲了一下，挥挥手下车。我点支烟目送她上楼，心里竟有些难过。

一年两个月零七天，是我们约定"到了上海就开始恋爱"的日子。

她却没有听懂。

07

三个月了，路莎还是没能兑现约定。

几次暗示没有结果，我索性问她什么时候开始恋爱。

她吞吞吐吐，说还没有做好和男生在一起的准备。最担心的事情还是发生了，我仔细回想她的一些奇怪举动，顿时被阴翳笼罩：我们牵手散步，走着走着，她会下意识地挣脱我；在路口等红灯，情侣都趁机依偎，她却对我的靠近抱有警惕；她很少和我过夜，唯独一次还是因为她和朋友去汗蒸，结束太晚，家又远，她才来找我。

和衣而眠的一晚，我们谁都没睡好。

躺在床上聊天，她无意中提到“爱情中最好的时光，是两个人试探着靠近彼此，还没有确定关系的那段日子”，我才明白，没做好准备只是个借口，用来掩盖她享受于我对她的付出因此拖着不跟我恋爱这个事实。

得知真相，我反而舒了一口气。

退而求其次地想，享受男生的付出，总比她不能接受男生更容易接受。

再退而求其次地想，这次爱情我已付出了那么多的努力，就此罢休实在可惜。

早上一睁眼我就给自己打气：行百里者半九十，付出所有努力仍然失败，我才不会觉得遗憾。至于履行不履行约定，对于我来说并不重要。我又不是女人，只要能和她在一起就够了，还在乎什么名分。

起床后，我特意煮了她最爱的红椒丝瓜面当作午餐。她眼里满是惊喜，赞叹完我的手艺，汤都喝得不剩一滴。

是谁说笼络住女人的胃，就笼络住了她的心，一点都不准。

分开的原因很简单，她让我陪她去旅行，而我早已答应了几个作者朋友，五一假期要在上海齐聚。我解释了原因，保证下次休假我一定陪她去，她还是生气。

或许对于她来说，我只是一个千里迢迢赶来的备胎，一个随叫随到的拥趸。养胎千日，用胎一时，怎么能拒绝呢？她说你不陪我，那我就去武汉找前任。

这可能只是个玩笑，我只好接着她的话逗她，你好不容易有我这么个心动的男生，再去找前任不前功尽弃了吗？

她语气很冷淡，说："我去洗澡了。"

果真女神范儿，洗完澡之后，这事也没再提。

作者朋友们纷纷从全国各地抵达上海，我叫她一起去草莓音乐节，她拒绝。我叫她一起去迷笛音乐节，她再次拒绝。我又叫她和朋友们一起自驾同里，她没再拒绝，而是说：我已经到了武汉，在和前任见面。

我以为是玩笑，回了条信息说：别忘了告诉她，你已经转直了，祝她早日脱离苦海。

她没回，我开始慌了，问朋友怎么办。朋友们说，肯定是个玩笑，作女逗你吃醋呢。

我心想但愿如此，玩笑怎么开都好，别真去见前任。我打开微博，搜到她前任，点击了刷新，一张照片缓缓打开，她没跟我开玩笑。

我捧着手机呆若木鸡。

朋友们抢过手机，看到照片时，纷纷感叹："哇，这就是传说中的路莎啊，真跟你有夫妻相呢，唉，你怎么了？哎，你要干什么，快把刀放下！"

08

我以为爱情可以填满人生的遗憾。然而，制造更多遗憾的，却偏偏是爱情。

同里回上海的路上，朋友们怕我冲出高架殉情，坚决不让我开车。我解释真的是想切水果给大家吃，也没人相信。朋友们把我按在后座上，绑好安全带，扔给我一 iPad，切去吧。我心不在焉地挥舞手刀，地雷不断在空中炸响，绚烂得如同这半年的 × 蛋生活。

我扔下 iPad，给路莎发信息：既然你去见前任了，我们就到此结束吧，再折腾下去也是浪费时间。

我以为路莎会解释“这是个误会你想多了”，或者安慰“我们只是见一面也没发生什么”，如果这样，或许还可以敞开心扉聊聊，到底是什么原因导致我们一见钟情，再而衰，三而竭。

路莎只回了三个字：知道了。

我心里堵得如同高峰期的内环，狠心咬牙拉黑了她，黯然销魂地切水果。

她有没有再发信息过来，我不清楚，我也不想再听她任何解释。可我那帮损友，却密切关注她的动态，时不时向我转播。

拉黑的当天晚上，她发了一条微博，上面是好妹妹乐队的歌词。损友们说，那必须是写给我的，我不信，他们还贱兮兮地合唱给我听：

你呀你

是自在如风的少年

飞在天地间

比梦还遥远

我知道他们是在用嘲笑的方式提醒我，不要犯贱。

其实他们多虑了，作为一个积极的悲观主义者，我永远对未来付出最好的努力同时又抱有最坏的打算。在来上海之前，我已想好，即使恋爱失败，我也要继续留下来。

朋友们在上海陪了我一段日子，直到我气定神闲地弹琴合唱《你飞到城市另一边》，才确信失恋的阴影已完全从我心中抹去。他们不知道，我早已在历次失败的恋情当中，学会了当断则断，学会了假装潇洒。可命运之神就是一个狗血编剧，那些载有爱情记忆的场所，无论如何也绕不过去。

某天，我和朋友去吴江路吃饭，看见那家川菜馆已经倒闭，看来它也过得不幸福。

坐地铁转来转去，总是会路过南京西路，每次我都不去看那些牵手拥抱、依依道别的情侣。

冰岛应景乐队 Bang Gang，9 月又要来上海演出，女同事约我一起听 *Forever Now*，我坚决不去。

又一拨作者朋友来上海找我过暑假，嚷嚷着要去看名人故居。我带他们去常德路看张爱玲，去武康路看巴金，去溧阳路看郭沫若，去武定路看《最小说》……唯独漏掉了鲁迅，不是不喜欢鲁迅，谁让他老人家曾经住在山阴路。

得知原因后，作者朋友还吟诵歌词赞扬我的气节：

关于上海我爱的全是你
爱到最后
我们都无路可去
……

09

9 月底，阿常来上海演出。

见面没寒暄两句，阿常单刀直入问我，如果路莎回心转意，我会不会和她在一起。

我给他看手机里积攒的几条信息，名字没有，而那一组号码，打乱我也认得，就是路莎。

07-31　23：41

有件事一直想跟你说……五一假期我就在上海，哪儿也没去。我说在武汉，我说去见前任，包括前任微博上那张照片，都是为了气你……我们因为彼此的一时执拗错过了，有时候一想起你，就会感到心痛和遗憾，不知道你会不会和我有一样的感觉……

08-16 09：05

昨晚梦见你，住在我的隔壁，我们中间没有墙，我非常快乐，你也是。

08-16 09：08

我不是因为失去才想要珍惜，只是最近发现，对于我来说喜欢上一个人，是多么难得的事。今天早上醒来，想起我们第一次见面的情景，已经过去快两年了。如今你有了女朋友，对于我来说，最正确的方式是应该把你忘记。可是，即使我们没有正式开始过，要忘记你仍然觉得困难。真想放下所有尊严，对你说一句，真的很想你，也很想很想和你在一起。

08-16 12：32

你是因为我而来上海的，我期盼着，如果你没有忘记我，能不能回过头珍惜一次。

……

阿常唏嘘不已，问："你怎么回的？"

"我有女朋友了。"

"你又有女朋友了？恭喜。"

“没，我骗她的。”

“你真行。她说的是真的吗？找前任帮忙一起气你。”

“不知道，没去查。”

“那你会再跟她在一起吗？”

“绝不会。”

“为什么？”

我拿回手机，给他念了个鸡汤段子：她能给我的和我能给她的，都已经在彼此的人生中给完了，好好结束是一种非常酷的关系，而再有任何关联都是庸常甚至愚蠢的开始。跟真爱过的人只能是爱情关系，再做朋友的是对从前的爱情的否定和不尊重。

阿常表示敬佩。临走前，他还跟我叮嘱：“你在上海好好的，混不下去了回学校找我。”

看我疑惑，阿常又补了句：“忘了跟你说，我留校当老师了。”

10

我又开始了新的恋情，像是《和莎莫的500天》的结尾。

女友是个台妹，我到处乱跑找房子时和她相识。我们先是室友，后来才成为男女朋友。有次我带她去吃饭，动筷子时，忽然意识到，点的竟然都是路莎心动的那几道菜。

台妹吃得小心翼翼，看她不停喝冰水吸溜嘴，我问：“你不喜欢吃辣吗？”

“喜欢是喜欢，不过呢，这几道菜对于台湾人来说都太辣了，你为什么这么爱吃辣？”

我本要说地域原因，仔细一想我爸妈也不怎么爱吃辣。为什么习惯性点这些菜？我看着菜单一个一个回忆，口味虾是长沙姑娘带我吃过一次就再也无法忘怀的美味，大学女友逢餐必点的是馋嘴蛙，而初恋最爱的那道菜就是水煮鱼……我抱歉地看着她，“要不再给你加个别的？三杯鸡？”

回去的路上，她拖着我的手晃啊晃，“问你一件事情哦！”

路口是红灯，我停下来，抱着她说：“尽管问。”

“老实交代，你为什么会来上海？”

“反正不是为了你，怎样！”

“讨厌，不要学我说话啦。”

“那你为什么来大陆？”

“我也不是为了你。”

“哈哈哈哈。”

“笑什么呀？”

“没什么，就是想笑而已。”

相逢的人会再相逢

她懒得去擦拭那些涌出
眼眶的泪水，
因为她知道，
在她爱的那个人眼里，
她连哭泣都是那么好看。

错过全世界，
我也不想错过你

{The First and Last Love}

01

看三秒就够了，他打算忍十秒钟再看她一眼。来韩国一个星期了，起初他并没觉得首尔女孩比北京的好看多少，但这个女孩实在太漂亮，深褐色长发，白皙的肤色，精致的五官，恰到好处的妆容，如同少女时代里的某个成员。她的美就像磁石，不停吸引他的目光。服务员走过来，冲他讲了一串韩语，他听不懂，只好回了个“Pardon”，对方的英语也好不到哪儿去，又说了几句韩语。他拿起菜单，随便点了两个从图片上就能看出来是什么的菜，然后用英语告诉她，能不能把空调温度调低点，天气太热。服务员点头离去，也不知道她听懂没有。他还有更重要的事情——十秒钟早过了，他还想再看那个女孩一眼。仿佛有飞机从头顶飞过，他仰头望望，一个破旧的吊扇在头顶晃晃悠悠地旋转。

餐馆里只有他一个外国人，韩国人用餐时比中国人安静不了多少，唯一的区别是语言，韩国人说话时表情夸张，远看上去像是在吵架。热闹点也好，他心里盘算，这样的话更方便过去搭讪。他回想电影里那些一见钟情的主人公都是怎么搭讪的。

第一个比较俗套，先把左臂的手表摘下来揣兜里，再把手机关掉，然后过去说自己手机没电了，问她现在几点。在他看到墙上挂着时钟那一瞬间，就把这个给否决了。

第二个稍微有点意思，不用摘手表，直接过去问几点了，等对方说出现在是下午两点，就吃惊地告诉她，啊，我的手表也是两点，缘分哪，我们交个朋友吧。想到这个有点二的开场白，他笑了。不过，他马上又想到，首尔和北京有时差，这个开场白必须 Pass 掉。

第三个比较直接，过去告诉她，我的手机找不到了，借她手机拨通自己的号码，等裤兜里的手机振动，掏出来亲一口夸张地说，啊，亲爱的宝贝，我终于找到你了——女孩一定会被逗笑的。这个主意还不错，不仅搭上话，连电话号码都拿到了。

第四个开场王家卫用过，他径直走过去坐在她对面，让她看着腕上的手表。等秒钟转一个圈，就望着她说：2012 年 8 月 30 日，下午两点之前的一分钟你和我在一起，因为你我会记住这一分钟。从现在开始我们就是一分钟的朋友，这是事实，你改变不了，因为已经过去了。

他心里笑了，最后一个开场比较适合女文青——假如韩国也有的话。他起身之后，又心怯了，自知既没有金城武那张帅气的脸，又没有张国荣那种忧郁的眼神，他想去洗手间照照镜子。

刚离开座位，耳边呼啸着掠过一个东西，重重地砸在他的椅子上。他愣了半分钟，看着那个折了翅膀的老吊扇，他心有余悸，假设自己拥有金城武的脸和张国荣的眼神，是不是就被砸死了？他惊讶自己在生死关头还有心情想这个。

一个中年男子闻讯跑了过来，看起来是这个店里的老板，他用不怎么标准的英语询问有没有伤到。

他摸了摸脖子，用英语回答说："只是吓了一跳，身体应该没问题，至少脑袋还在。"

中年男子笑着拍拍他的肩膀，带他换了新座位，然后抱歉地解释，韩国为了节省能源，公共场所的空调只能调到二十六度，如果不是他说热，也不会打开这个多年失修的吊扇。为了表达歉意，这顿饭免单。他还没来得及看菜单，就忍不住笑了——一直偷看的那个女孩朝他走了过来。

他放下菜单，心里默谢了这个老餐馆的旧吊扇，这下好了，连开场白都省了。

02

女孩拉了拉衣服下摆，坐在他对面冷冷地问："从地铁到餐馆，你跟了我一上午了吧？"

这句话让他心里一惊，哪个环节疏漏被她发现的？他想否认，又觉得既然她早已知道，说谎反而会招致反感，就用英语答："是啊，跟了一上午，我又累又饿，要不是看你进了餐馆，我就放弃了。看在差点没命的分儿上，帮我点些东西吃吧。"他把菜单递给了女孩，又补了句，"想吃什么尽管叫，以前总听人说天下没有免费的午餐，今天让我给碰上了，见者有份。”

女孩的手机振了一下，一条短信进来，男朋友问她在哪儿，她没回，合上手机接过菜单，选了铁板牛舌、炒年糕、金枪鱼土豆沙拉、辣白菜五花肉、海鲜豆腐羹、招牌石锅拌饭，最后又加了一杯蜂蜜柚子茶。把菜单递给服务员之后，她直视着他：“告诉我，为什么要跟踪我？”

“因为……”他叼着烟寻思，韩国女孩该不会拒绝陌生人的赞美吧，“因为，你太漂亮了。”

“哈……”女孩皮笑肉不笑，“你是谁？从哪儿来？做什么？”

“一下子提这么多问题。”他面露难色，“能不能一个一个来？”

“好的。”女孩从服务员手里接过蜂蜜柚子茶，“你是谁？”

“我的英文名叫 Honey，你可以这么称呼我。”

她心里一紧，这个称呼她叫了男友三年，那是温暖又折磨人的三年时光，现在忽然又冒出一个陌生人让她这样称呼，她不愿再回想过去，就接过了他的话，“还没有任何了解，就叫你 Honey，太便宜你了吧？有你这样起英文名的吗？”

“蒋介石不是还叫达令吗？”他看了看她手里的热饮，“你不要误会，我这个 Honey 没有要占你便宜的意思，我只是喜欢喝蜂蜜柚子茶而已。”

“那为什么不叫柚子茶呢？”女孩饶有兴味看着他。

“这个，我还真没想过。”他抓抓头发寻找服务员，“呃，加一杯柚子茶！”

“第二个问题，你从哪儿来？”

“中国，北京。”

“那还是以中国名字称呼你吧。”女孩双手放在桌子上，“你叫什么？”

“崔恒志。”

“崔——这不是韩国名字吗？”女孩有点气愤，“别骗我了，你到底是谁派来的？跟踪我干什么？”

“我真是如假包换的中国人啊。”他一头雾水，“崔本就是中国的姓，当然你们国家也有姓崔的。不过你们首尔姓崔的都是在隋唐之后背井离乡来韩国发展的中国人，这能怪我吗？”

女孩听完他的解释，心想也许自己太过敏感了，不该对一个陌生人如此咄咄逼问，弄得好像跟他有多亲密似的，就赶紧说了声“Sorry”。

“要不是看你漂亮，真不想原谅你。”崔恒志摆摆手，“那你姓什么？”

“反正不姓崔。”女孩逃避了这个话题。

“真棒！”他满心欢喜。

“什么？”她惊讶。

“你不姓崔，我很庆幸。”他坏笑地看着她，“听说你们禁止同姓通婚。”

“嗯？”女孩反应了半天，才意识到又被他占了口头便宜，“谁要和你结婚！”

“为什么不？”他追问，“是因为崔是中国姓，还是因为我是中国人？你不喜欢的话，我可以改姓那个背井离乡的崔……”

“住嘴！”女孩发现他的话里都是圈套，“你太无聊了，我没有时间陪你闲扯下去，谢谢你的蜂蜜柚子茶，再见！”

“别。”崔恒志拦住她，“你看，我们好不容易有顿免费午餐，一口还没吃呢，你就着急走，这样的话我还得饿着肚子出去追。”看女孩还在生气，他换着方式挽留，“北京和首尔还是友好城市呢，你怎么对我这么不友好？”

“这不能说明什么！”女孩坐下和他争辩，“东京和首尔也是友好城市啊，可我大学时还参加过游行呢。”女孩看着满桌自己爱吃的菜，浪费了有点可惜，“说真的，我对你没什么好感。我留下是因为看不得别人浪费食物。”完了又补充，“店里的招牌菜全点了，这还不算友好吗？”

“算算，当然算。”崔恒志讨好地笑，“这都是你喜欢吃的吗？”

“废话，吃吧。”女孩忍不住用韩语骂了句，“猪头！”

“你说什么？”崔恒志握着筷子，满脸疑惑，“能用英文翻译下吗？”

“夸你帅。”女孩眼睛弯弯地微笑。

“嘿嘿……”崔恒志夹着菜，恬不知耻地看着她，“要不你再用韩语来一句呗，我加深下印象。”

“哈哈，好吧，成全你！”女孩发自内心地笑了，“你这个猪头！”

“谢谢！”崔恒志得意地开动筷子。

有美女作陪，崔恒志胃口奇好，才一刻钟，满桌子的菜都快被他消灭光了。女孩捉弄完崔恒志，心头的气全消了。本来中午就没怎么吃，现在看着崔恒志饕餮吃相，肚子就饿了，在他将要把魔爪伸向金枪鱼土豆沙拉时，女孩把盘子挪到自己面前，“这个是我的。”

“啊？你早说，我都快撑死了。”崔恒志放下筷子，“你快吃吧，别放凉了。”

“本来也没热过。”女孩拿筷子夹起土豆泥放进嘴里，发现崔恒志目光聚焦在自己的嘴唇上，忍不住问，“看我干什么？”

“看你，是因为你好看啊。”崔恒志又换上标志性的坏笑，“哎，我能改用韩语夸夸你吗，那句怎么说来着？”崔恒志回忆了下发音，凝视着女孩瞪大的眼睛，深情地说，“你这个猪头！”

“噗——”女孩喷了他一脸土豆泥。

03

崔恒志从洗手间回到座位上，女孩看着他洗得干干净净的脸，还是憋不住想笑。看崔恒志满脸严肃，女孩也不好意思再吃土豆泥了，把盘子推到一边，“我饱了，继续第三个问题，你是做什么的？”

“我啊，是一名主持人。”

“DJ？”女孩不信，“就你这样的长相，电台主持吧？”

“你刚不还夸我长得好吗？”

“我那是礼节性赞扬。”

“哈，你们韩国人真懂礼貌。我们中国人也很讲礼节，有句话叫，‘来而不往非礼也’，该我问你了吧？”

“嗯，你想知道什么？”

“你现在有男朋友吗？”崔恒志关心的是这个。

“有没有都不能告诉你！”她回避了这个话题，反问他，“你呢？”

“目前没有。”崔恒志停顿了下，“幕后倒是有几个。”说完才想到这回答也许只在说中文的情况下才有效，英文说出来差好多，仿佛自己是个花花公子似的。

“到底有几个？”女孩抓住问题不放。

“韩国女孩都像你这么……”他找不到合适的韩语词，只好就说了汉语，“八卦？”

“八卦？”女孩复读机似的说出了这个词，“那是什么？”

“啊……”崔恒志说不出，就用铁筷蘸着酱油画了个太极阴阳，“喏，就是这个。”

“嗯？”女孩拿过来一看，“这不是我们国旗吗？”

“哈哈……”崔恒志笑得相当开心，“难怪你这么——八卦。”

“是啊，我超爱国的！”女孩彻底地把谈话拉入驴唇不对马嘴的境地。

“既然在这个太极旗飘扬的国度，我也来扒一扒，你是做什么的？”

“你猜！”

“其实我不在乎你是做什么的。”崔恒志又把烟叼在嘴里，“我只是想借你手机跟你男朋友通个话，告诉他你爸妈让你找个中国人，让他放弃你好了。”

“不要做梦了。”女孩制止他，“我们今天就聊到这儿，有缘再见，好吧？”

“不好。”崔恒志扭头看着窗外，心想怎样才能把这个女孩留在身边。

“怎么了你？”女孩伸手在他眼前晃了晃。

“我要努力把你的样子记下来。”崔恒志转过头望着她。

“记我干什么？”女孩看了看手机，“我得走了，对不起！”

Love means never having to say you are sorry（爱意味着永远不必说抱歉），崔恒志脑子里闪过《爱情故事》的英文台词。他没想说这个，也许从地铁里看到她第一眼开始，他已经爱上了她。对于两个陌生人来说，这一切来得太突然。他抬起手给女孩看腕表，“现在是下午三点，我晚上十一点的飞机回北京，除去一个小时登机时间，我还有七个小时就离开这个国家，我打算邀请你陪我一起度过在首尔的最后几个小时。你也许有自己的事情要忙，也可能会拒绝我，当你出门走进人群，对于我来说你就成了首尔1058万陌生人中的一个，也许这辈子我就再也见不到你了，所以在你离开之前，我想多看看你，把你印刻在脑子里。”

女孩沉默了，在今天之前，她从未想过自己会和陌生人吃饭，更没想到他马上就会离开首尔回到千里之外的北京。是接受，还是拒绝？她犹豫着，就算陪他一起度过余下的时间，又能有什么？终究还不是要分别？就如同世界上所有擦肩而过的陌生人一样。想到这儿，她对他摇了摇头。

“为什么？”他恳求地看着她。

“就算我陪你七个小时，又能怎样呢？”

“世界著名的情感专家说，七个小时可以改变一个人的一生，七个小时也可以让两个从未谋面的陌生人，从相识相知到爱对方爱得死去活来，你相信吗？”

“不信，‘泰坦尼克号’还要两天呢。”

“但是，七个小时真的够了。”

“这是谁提出来的？”

“我。”

“无聊。”女孩再次被逗笑了，“你现编的吧？”

“不是，跟着你出地铁之前，我已经想好了的。”

“抱歉，虽然你很有创意，但我还是不能接受这个邀请。”

“今天是2012年8月30日，按照玛雅人的预言，85天之后，就要迎来‘世界末日’，地球上所有的生物都会毁灭，我们的亲人、朋友、爱人都会死去。每个人都不得不带着太多的遗憾走向死亡。对我来说，最大的痛苦不是人生理想还没有实现，而是在韩国，在首尔，我遇到了一个真心喜欢的人，很可能是我余下三个月的生命里最爱的女孩，因为我的笨拙没能挽留她和我共度相遇的最后七个小时。从我的角度看，这份爱因你而起，我希望它能伴你而终。我不知道末日那天，你会有多少遗憾，有一个遗憾我现在就可以告诉你，你拒绝了一个可能比你所有男朋友加起来都更爱你的人。”

女孩咬了咬嘴唇，起身拉了拉衣服下摆，关掉手机扔进包里，“走了。”

“你走吧。”崔恒志有点沮丧，“我目送你离开就好了。”

“你不去吗？”女孩转过身，弯着腰看着他。

“去哪儿？”崔恒志有点惊讶。

“难道你要在餐馆度过七个小时？”女孩灿若桃花地笑。

04

夏天是崔恒志最喜欢的季节，首尔的空气指数比北京不知好了多少倍，抬头就可以望到湛蓝的天空和浮动的云朵，他跟着女孩出了餐馆走进街边的林荫道，午后的阳光透过树叶隙缝温柔地抚摸着他们年轻的脸庞。

“我还不知道你叫什么呢。”崔恒志追上去问。

“叫我柚子茶好啦。”女孩眨了眨眼，“你不是叫蜂蜜吗？”

“如果你所说的 Honey 是另外一个意思，我会更开心的。”

“OK，Honey，你没发现少点什么吗？”女孩提醒他，“上午转地铁之前，我记得你还有个箱子。”

“箱子啊，我也记得。”

“那它去哪儿了呢？”

“去小偷那儿了。”崔恒志苦笑，“怕把你跟丢了，一路下来我都忘了箱子丢哪儿了，刚才我还在想，如果最终没能认识你的话，箱子就白白牺牲了。”

“天哪，你的东西都丢光了。”女孩很吃惊，“还敢到餐馆吃饭，如果你没钱付账，岂不是要被赶出来？”

“还好，钱包证件什么的都在身上。”崔恒志摸摸口袋，“再说不是有你嘛，美丽善良又大方的柚子茶小姐。”

“我才不会请你吃饭呢。”女孩学会了他的坏笑，“难道你没有发现，在老板给你免单之后，我才坐过来的吗？”

“你……你……”崔恒志乐了，“你知道吗，这种行为在中国叫……”想了半天，也不知道蹭饭怎么翻译，就说了句汉语，“原来韩国人也会蹭吃蹭喝。”

“啊？你说什么？”女孩又没听明白。

“我说的是……”崔恒志仰头望着被大树枝叶切分的点点蓝天，伸出手做了拥抱的姿势，“首尔真漂亮！”

“哈哈，谢谢。”女孩笑了，“还没问你呢，为什么来韩国？”

“说来话长……”崔恒志点了支烟，“你确定要听？”

“反正我们得走到路口才能打到车，嘴巴闲着干吗？”

“人长了张嘴巴，一共有三种功能，除了吃饭、说话之外，最后一个最重要……”崔恒志停下脚步，望着她娇嫩的嘴唇说出答案，“接吻。如果你不会的话，我可以免费教你。”

“算了吧。”女孩赶紧躲开，“你的嘴忙着抽烟呢！”

“我现在就掐掉！”崔恒志四处寻找垃圾桶。

“谢天谢地，这儿没垃圾桶。”女孩捂着嘴笑了，“你还是边走边抽吧，这样跟你的形象还挺般配的。”

“我什么形象？”崔恒志嘴里叼着烟，乜斜着眼睛。

“你等下。”女孩从包里翻出小镜子，“快来看，里面有一个流氓。”

“唉，你误会了。”崔恒志对着镜子捋捋头发，“我刚不是要向你索吻，我岔开话题的主要原因是怕你听完我的故事之后会哭。”

“哈哈，悲伤往事啊？那我就更要听，好久都没哭过了。”

“很久，很久以前，呃，其实也就两个月，女朋友向我提出分手，我俩在北京一家韩式餐厅吃分手饭，她让我以后别再联系她。被动的分手很难受，我没什么胃口，就一直抽烟看着她吃饭。结账的时候，餐厅经理说我们中奖了，我和女友是来这个餐厅吃饭的第一万对情侣，奖励一次韩国双人七日游。我问她，要不要来一次告别的旅行？她拒绝了，问有没有人陪我一起去，如果没有的话，就把这个机会让给她。那一刻，我才知道她已找好了新男友。她说如若我不介意的话，她想和他一起出国旅行。我当然介意，我说就是把奖券撕了，也不会让给你们的。你知道那种感觉有多么荒谬吗？就像是上帝通过一个玩笑告诉我，我的爱情有多么可悲。最终我也没找到女孩陪我，就独自一人出发了，上飞机那刻，我就决定把前女友和她那个该死的现任全忘掉，我要开始新生活了。”

女孩听完长叹一口气，“别为过去的事情难过了，旅旅游、散散心不挺好的吗？”看他吸着烟沉默，她上前握住他的手臂晃呀晃，“快给我讲讲，这七天都去哪儿玩了？”

“旅行社安排去济州、釜山、江陵、水原、春川。”

“哇。”女孩惊诧，“这么多地方你全去了？”

“事实上——”崔恒志把烟掐灭，“我在酒店待了六天。”

05

“我是不是该带你好好玩玩？”女孩伸手拦了辆出租车，钻进后座。

“那还用说。”崔恒志拉开副驾驶的门，“把你们韩国人热情好客的一面全展现出来吧，反正招待我也用不了多少时间。”

“蜂蜜和柚子茶分开的话，那就真成 Honey 了。”女孩往里挪，“哎，你坐我旁边吧。”

“咱这是去哪儿？”崔恒志拉上车门，“你不是要带我去你家吧？是的话提前跟我说，我好做好心理准备。”

“想哪儿去了你。”女孩推他的胳膊，“我每次遇到不开心的事，都跑到南山，站在首尔塔顶吹着风，看着整个城市的夜景，所有的烦恼都没了。现在天还没黑，我们晚会儿再去。既然你东西都丢没了，先带你去购物吧，买东西也很开心的哟！”

“我心情不好的时候只想睡觉。”崔恒志对购物不怎么感兴趣，“为什么不带我回你的大床房？”

“啊，我明白了。”女孩岔开话题，“你在酒店住了六天是因为心情不好？你应该多出来逛逛的呀！首尔在全球城市指数排名第八，在亚洲仅次于东京和香港。著名的景点有昌德宫、景福宫、云岘宫、乐天世界、南大门市场……”女孩顿住，“我们现在就去明洞。”

“你刚才是讲了个笑话吗？哈哈。”

“你真讨厌。”女孩捶他。

“怎么一上车就像变了个人。”崔恒志握住了她的拳头，“你说话腔调怎么跟个导游似的？”

“因为我就是个导游啊。”女孩比了个耶。

“西八！”崔恒志一脸失望地放开手。

“怎么啦，我是导游你不高兴吗？”

“不是，我本以为你陪我出来，我们可以像情侣那样牵着手随处晃荡，这个美好的场景已经在我脑海里重复了无数次，我以为马上就要在现实中上演了，却没想到你会是个导游，这种美感瞬间就跑掉了。”

“为什么？”

“你想啊，你拿个大喇叭在前面走着，边走边喊，看这里，看这里，这是韩国最大的 ×××，那是韩国最小的 ××××，这是韩国最悠久的……跟之前我想象的那个场景差好远。”

“我没拿大喇叭啊。”

“可你依然是个导游啊，并且……”崔恒志苦笑，“还是个没喇叭的导游。”

“我没考到证呢。”女孩扳过崔恒志的下巴，“不许你对导游有偏见。”

“我没有偏见。”崔恒志再次握住她的手，“我只是觉得，这个职业会让你失望的，它不会带给你丝毫的幸福感。”

“为什么？”女孩缩回了手，“到处看美景不好吗？”

“美景为什么美？”崔恒志为她分析，“风景美，是因为看风景的人心情美，等你考到了证，拿着喇叭招呼那些人，带他们看各种人间美景，会带给别人幸福感没错，但有一天你会发现，良辰美景和你无关，你就像一个司机，负责把他们送到那个名叫幸福的目的地，再把他们拉回甜美的小家庭。而你自始至终都是孤身一人，当你看到情侣牵着手游山玩水，享受着幸福美好的时候，你内心的这种孤独就会翻倍。”

他的话透着一种难以反驳的正确，女孩深思了一会儿，“你是怎么知道的？”

崔恒志叹了口气，“其实，我的工作性质和你一样。”

“你不是主持人吗？电台 DJ？”

“是主持人没错。”崔恒志看着她的眼睛，“可我是最不幸的主持人——婚礼主持。”

四年前，崔恒志开始做这份工作，把无数的人送进了婚姻的殿堂或者爱情的坟墓。崔恒志不知道那些伴侣之前经历过多么曲折的恋爱，也不知道他们今后的生活会走向哪里，但他见证了婚礼那天的所有幸福。四年过去了，他已经饱受这份工作的折磨，尤其是和前女友分手之后，他开始无比讨厌做这种把别人送往幸福彼岸的摆渡人，每次看到又有一对男女结婚，他总忍不住怜悯孤苦伶仃的自己。崔恒志把自己的悲惨的工作经历一股脑儿全告诉了她，“我不知道还有多久，这种一劳永逸的爱情才能降临到自己身上。我甚至会在婚礼上把‘有没有人反对这门婚姻’这句话多喊几遍，期待着有人能站起来说‘我反对’，让这对新人不欢而散。你不用惊讶，我知道这是不对的，可就是无法控制内心的阴暗念头。直到两周前，我接了一个活儿，这场婚礼的新娘是我前女友。”

“最后的晚餐那个？”女孩吃惊，“这么快就跟别人结婚了？”

“不是，我在你眼里就那么不堪吗？我不可能就一个前女友吧！”

“啊，你多，你有无数个前女友好了吧。”女孩顺着他，“后来呢？你去了吗？”

“这是我的工作，我必须去。”崔恒志摸了一支烟叼在嘴里，“我把‘有人反对吗’这句话问了所有在座的我能叫上名字的朋友，没有一个人反对。我很想说我反对，可是像是被割除了声带，发不出任何声音。所有人都在起哄，让新郎和新娘接吻，他和她的吻甜蜜而悠长，礼花散落，大家起立鼓掌。我拿着话筒站在一边，就像个表演失败从平衡木上掉下来的小丑。我扔掉话筒，离开婚礼，打了个出租车回家，北京的三环有点堵，出租车就像现在这样走走停停，我哭了整整一路。”

崔恒志转过头看着车窗，不想让她看见自己流泪。他不知道，她还没听完，眼睛就已经红了。

女孩把他的脸扳过来，摘掉他嘴里的烟，望着他。对视了几秒，他主动向她靠近，女孩闭上了眼睛。

司机一个刹车停在路边，抬起计价器：“明洞到了。”两人神情有些慌乱，女孩先起身下车了，崔恒志付了车费跟了上去。

“我刚才还在想，也许认识你之后，我的人生就真的改变了，以后做不做导游再说，至少今天我不做你的导游，我只做你的旅伴，陪你逛街。”

“可以挽手吗？”崔恒志望着她笑了。

“随便你咯，至少现在我还没想出理由拒绝。”

“哈……”他上前握住了她的手，“那就让两个司机，把彼此送到幸福的终点站？”

“我可是个没证的司机噢。”

“别担心，我又不是交警！”

06

时光一分一秒地流逝，天色渐渐暗了下来。街灯早已亮起，一个个商店都闪烁着霓虹灯，把首尔装扮得比白天还要美。女孩拉着两手空空的崔恒志回到了起点，问他为什么不买东西。

“你是在质疑我的支付能力吗？”崔恒志捏了捏她的掌心，“虽然我把工作弄丢了，存款还是够花上半年。什么都没买，是因为我没发现有什么是我想要的。”

“你可以给朋友带一些化妆品啊，奢侈品啊，你们中国来的游客总是大包小包地往回拎呢。”

“首先……”崔恒志看着她的眼睛，“我不是个你所常见的中国游客，我不是自己主动要来的；其次，我也不知道该给谁带，我的朋友都属于交情不深，我忽然买礼物给他们，会尴尬的那种。买给前女友也不合适啊，她老公会生气的。不过，你倒是提醒我了，要不我买给我下一任女友吧？”

“呀。”女孩表情不自然地问，“你这么快就想好要追谁了？”

“我也是刚想好。”崔恒志往前走，“并且，她可能会拒绝我呢。”

“你还没表白，怎么知道她会拒绝你？”

“其实今天下午三点的时候，我已经表白过了。”崔恒志转身抓住她的双肩，“要不你帮我问问她，愿不愿意接受我，做我的女朋友。”

“问谁？”女孩向四周望了望。

“你自己。”崔恒志凝视着她闪躲的眼神。

“我不帮。”女孩推开他的手，“要问你自己去问！”

“哎，你不帮就算了，别走呀。”崔恒志追上来，“你走了我问谁啊？”

“其实……”女孩停住脚步，“你最该问的是你自己。”

“问我什么？”崔恒志呆了。

“假如你的理论成立，七个小时之后，我们爱上了彼此，接下来该怎么办？”

“这个……”崔恒志抓抓头，“我还真没想过，我知道你之前很讨厌我，现在过去了三个半小时，还有时间继续了解彼此。七个小时之后，你也许会爱上我，也许不会，但我肯定会爱上你，死去活来的那种。”

“那接下来怎么办？”女孩追问，“假如他们爱上了彼此，生活该怎样继续？”

“这……嗯……”崔恒志迟疑了，她触及了这个问题的关键，他却无法给出满意的答案，“那你觉得接下去应该怎样生活？”

“如果真像你说的那样，七个小时之后，我爱上了你。我想我也许会跟你去北京，看看你生活的城市是什么样子，或者干脆留在那里，学说那里的方言，学做那里的菜肴，和你在那座城市里组建个家庭。但是，我觉得对方爱我的话，他应该为我留下来，像个合格的恋人那样陪在我身边。我们居住在我从小长大的城市，我可以陪他去所有想去的地方，做所有他觉得快乐的事，像我们所说的那样，把彼此送到幸福的彼岸。可你呢？”

“我……”崔恒志忽然发现自己只想象了一个彼此相爱的过程，并没有想到之后会有什么样的结果。在还没有深思熟虑之前，他得把这个话题引开，他点支烟吸了一口，“要不我们先聊点别的？”

“聊什么？”女孩打趣他，“聊聊屈原和粽子节到底属于哪个国家？”

“这个就别聊了！”崔恒志弹弹烟灰，“还不如前面那个话题。”

“哈哈……”女孩笑着拍他肩膀，“年轻人，不用那么紧张，我只是在对你说我对爱情的看法，一个假设而已，别以为我真的爱上你了。你只能算我新认识的朋友，远道而来的客人。”

“哈！”崔恒志接住话茬，“那我们就聊聊你们韩国人都是怎么招待客人的。”

“你想让我怎么样招待你？”女孩表情很真诚，“反正你的时间也不多了。”

“别把我说得像是要奔赴刑场。”崔恒志叼着烟笑，“在中国，是要为远道而来的客人，呃……”他卡住了，不知道“接风洗尘”该怎么翻译，直译成“洗去满身的灰尘”，然后问，“你明白了吗？”

“你是说，如果朋友从远方来看你的话，你要为她洗澡？”女孩挑了挑眉毛。

“哈哈，柚子茶小姐真是冰雪聪明，你家方便为我洗澡吗？”崔恒志保持着坏笑，“不方便的话，我们就去酒店好了，我订一个大床房。”

“想得美。”女孩挥着粉拳捶他，突然说了句中文，“你这个臭流氓！”

“嗯？”崔恒志愣住了，“我没听错吧，你刚才骂我臭流氓？”

“怎么了？骂你是因为你欠骂，臭流氓，去你的大床房！”

“是不是流氓先搁一边。”崔恒志下巴都快掉了，“你会说汉语？！”

“是啊，你不服？”女孩仰起下巴得意地笑。

“靠！”崔恒志哭笑不得，“那你跟我说了一路蹩脚英文？”

“你又没问我会不会说汉语。”女孩笑着往前走，“那我就跟你说英文咯，好不容易逮到一个外国人，为什么不练练口语呢。”

“你和一个中国人练英语口语？”

“总比日式英语好多了吧。哈哈！”女孩拽着他的手大步往前走。

“嘁！”崔恒志跟上她的节奏，“柚子茶花姑娘，你这是要带我去哪儿？”

“请你喝杯酒啊。”女孩施了一个万福，“为客官你‘接风洗尘’。”

“这你都懂？”崔恒志的世界观彻底崩塌了。

“欧巴，快点儿来嘛，‘春宵一刻值千金’！”

“啊，这句话不能乱用！”

07

全世界的酒吧都是一样人声鼎沸，女孩凑在他耳边大声问：“欧巴，你要过去跳舞吗？”

“我不会跳舞。”崔恒志赶紧摇头，“你去玩吧，我可以在这儿边喝边看你跳，还能下酒。”

“那算了，自己一个人跳舞没意思，我们看别人跳舞下酒吧。”

“哈，你学得倒挺快的。”崔恒志点了支烟，“请问你到底是不是韩国人呢？别闹了半天，最后你也是 made in China，哈哈。”

“讨厌鬼，再笑话我，就不请你喝酒了。”

“今朝有酒今朝醉。”崔恒志和她碰了一下杯子，“下杯不请自己点。”

“你在吟诗吗？”女孩很感兴趣，“对了，在中国喝酒还吟诗吗？”

“早不吟了，现在都玩游戏。”

“游戏？什么游戏？”

“好多好玩的，老虎棒子鸡、两只小蜜蜂、杀人什么的。”崔恒志说了一堆。

“等等，杀人？”女孩受到了惊吓，“你还杀过人？”

“对。”崔恒志笑着用手比刀，“杀过好多呢，中国流行一句话：

再不杀人就开学了。你要不要玩这个游戏？”

“不要，在中国杀人不需要坐牢的吗？”女孩惊恐地看着他，“你不会是个逃犯吧？”

“游戏而已。”崔恒志帮她合上嘴巴，忽然想到了一个可以捉弄人的游戏，“最好玩的是真心话大冒险，我们可以玩这个！”

“好呀。”女孩一听不用玩杀人，赶紧说，“这个好有意思啊，怎么玩？”

“得看人多少了，如果人多的话就抽扑克牌，或者手心手背。”崔恒志拉着她的手反过来给她讲解，“如果两个人，就玩石头、剪刀、布，输的人有两个选择，一是真心话，二是大冒险，真心话是要回答赢家提出的问题，大冒险的话要按照赢家的要求，做一些冒险动作。”

“噢，这有什么，不就是回答问题、做动作吗！”

“回答问题之前是要赌咒发誓，一定要说真心话。举个例子，如果赢家提问一些重口味的话题，比如，你曾经和几个人睡过，最奇怪的姿势是什么，这种问题都要回答的。否则就要去大冒险。”

“哇，你们太坏了，那大冒险呢？”

“那个就复杂了，都是些捉弄人的，看情况而定。你确定要玩吗？输了不要哭鼻子哦。”

“谁输还不一定呢。”女孩把手藏在背后，“放马过来吧！”

“石头、剪刀、布！”

“哈哈，你输了。”崔恒志指着她的鼻子笑，“选择真心话，还是大冒险？”

“大冒险！”

“你初学，咱就先来个简单点儿的，来一个你认为自己最性感的动作。”

“OK！”女孩学着MV里面性感舞娘的样子，眨巴着眼睛搔首弄姿，放电之后还不忘加个飞吻。

“啊——”崔恒志擦着鼻血，躺倒在沙发上，中电身亡。

“好啦，别演了。”女孩把他揪起来，“我们继续玩！”

“石头、剪刀、布！”

“亲爱的，你又输了。还要冒险吗？”

“说吧。”女孩舍命陪君子，“这次是什么？”

“去吧台帮我点一杯杰克可乐。”

“So easy！”女孩打了个响指。

“等等，还没说完呢，服务员问你要多大杯的时候，你要告诉他自己的罩杯！”

“算你狠！”女孩咬牙切齿地站起来，“等我回来收拾你！”

“给你的，D-cup。”女孩把一大杯酒放在崔恒志面前，顺势挡住了他不安分的眼神，“你看我干什么？”

“哈，你要听真话吗？”崔恒志抿了口酒，“我看你最多也就是B！”

“少啰唆。”女孩把手背到后面喊。“石头剪刀布！”

“哈哈哈，你也有今天！”

“我也给你点杯酒吧？”崔恒志央求她。

“不要。”女孩嬉笑，“你的太小了，最多也就是个 A，点酒太吃亏。真心话吧！”

“好吧，愿赌服输。”

“我得问个刁钻的。”女孩仰脸想了半天，“你上次做那个是什么时候？”

“哪个？”

“少装，就那个！”

“昨天。”

“昨天你……”女孩吸口气故作镇定，“你也是这么搭讪了一个女孩，然后大床房了吗？”

“不是，用不着搭讪，她们随时都在的。”

“她们？很多人吗？”

“不多，就两个，你要听吗？”

“我不听，你也别说了。”女孩撇撇嘴，“你这个臭流氓。”

“还是继续玩游戏吧。”崔恒志挠挠头。

“不玩了。”女孩表情厌恶，“我不要和臭流氓玩。”

“你难道不想扳回一局吗，D-cup 小姐？”

“我要‘为民除害’，这次让你这个臭流氓游街示众。”女孩摩拳擦掌，“石头、剪刀、布。”

“哈哈，亲爱的，你又输了。”崔恒志贱笑着说，“我在游戏里的称号叫东方不败，输给我不丢人，这次你选择真心话还是大冒险？”

“大冒险！我才不要中你的圈套！”

“亲我一下，嘴对嘴的。”

“才不要，我选真心话。”

“那，我的问题是一样的，你上次是什么时候？”

“我不想说，这是个人隐私。”

“刚才你问我，我都回答了。”

“那是因为你是臭流氓、厚脸皮。”

“要不这样吧，今天改改规矩，你现编一个骗我也行，没事儿，我不介意。”

“昨天。”女孩想了想说。

“这么简单？然后呢？”

“昨天我去堕胎，晚上的时候我男朋友还想和我那个，我最后迁就了他一次，心里非常难过。我就想一定要远离这样的男人，再也不想和他在一起了。”

“你这个编得比我那个真实多了。”崔恒志被这个答案惊住了。

“我没编。”她转过头，泪水顺脸颊洒落，“这个确实是真的。”

“对不起。”崔恒志收住了笑，“我没想打听你的隐私，只是……”他在想如何才能哄住她，“我昨天也挺不堪的。”

“你不是有两个随叫随到的女人陪你吗？”

“我可以把她们叫出来和你见见。”崔恒志捧住她的下巴，“感觉到了吗，她们正在拥抱着你的脸颊。”

“啊，你好讨厌！”

08

两个戴耳钉鼻环、浑身挂满链子的韩国男子从卡座旁走过，边走边看着崔恒志和女孩，互相趴在对方的耳边嘀咕半天，又哈哈大笑地说了几句韩语。

“他们说什么呢？”崔恒志问。

“没什么。”女孩搪塞他。

“告诉我，他们骂我什么？”

“没骂你，他们骂我呢。”

“骂你什么？”

“相当于英文里的 Bitch。”

“他们为什么要骂你？”

“因为……”女孩迟疑了下才出口，“因为你。”

“我明白了。”崔恒志站起身，“在这儿等我，我用北京话问候他。”

“别去了，他们都是小混混。”女孩起身拦他。

“难道忘了吗？我是臭流氓啊。”崔恒志摸摸她的脸颊让她留步，

“放心好啦，我只是问候下而已。”说完崔恒志走进舞池，在人群中找到了那两个跟着音乐瞎晃悠的韩国男子，他拍了拍其中一个的肩膀，那人回头，崔恒志一拳飞向他的下巴，“× 你大爷！”

两个韩国混混和他扭打起来，人群顿时骚乱起来，人们打着口哨儿起哄，越来越多的人把他们围在舞池中央。崔恒志会点儿跆拳道，一个打两个，没怎么吃亏，两个旁观的混混看不过去加入群殴，有几个游手好闲的正义人士看不得人多欺负人少，也加进去帮崔恒志，混战顿时扩大，整个酒吧成了一团乱麻。

女孩想往前挤，却被更多的人推开，她怕出人命，就跑出去打电话报警。

警报响起后，小混混们作鸟兽散。崔恒志擦擦嘴角的血，回过身去寻找女孩，有两个韩国人指了指冲进来的警察，拽着崔恒志向紧急出口跑去。他们沿着安全通道跑到大街上，直到钻进熙攘的人群里才停下脚步。

女孩在杂乱的酒吧里到处寻找崔恒志，可是根本看不到他，出逃的人把她撞倒在地，她从地上爬起来，又再次被撞倒，她坐在地板上，手撑着身体，任由大颗的泪水滚落。

崔恒志又点了支烟，望着霓虹夜景，内心感到懊悔，为女孩出手没什么错，最不该的是在他根本不知道女孩姓什么叫什么家住哪里电话多少的情况下就被迫走散。柚子茶？他懊恼地拍着自己的脑袋，为什么不先问问她的真名？

崔恒志在街边的饮品店买了杯蜂蜜柚子茶，顺便要了张纸巾擦了擦嘴角的血，他不知道该去哪儿找她，酒吧肯定不能再去，被警察捉住遣送回国，他就彻底见不到她了。女孩不笨，她一定会找个两人熟悉的地方相见，而不是在酒吧等他束手就擒。那会是在哪儿？明洞？他伸手拦了一辆出租车。

女孩擦干眼泪，问了很多目击者，得知崔恒志是从安全出口逃出去的，就立即沿着他跑的路线追了出来。街灯明亮，行人如织，她漫无目的地朝前走，心里责怪这个冲动的笨蛋，又替他感到冤枉，如果不是为挺身保护她，他何至于和人打架？女孩自责为什么不第一时间告诉他自己的名字、电话，或者干脆带他去认自己家门。还不是因为他那么讨厌，说什么 Honey 蜂蜜的，让自己鬼迷心窍地回了个柚子茶。女孩看到路边有个饮品店，就去点了杯蜂蜜柚子茶。紧接着，她看到窗下的垃圾筐里有张沾着血迹的纸巾，女孩抖了个激灵，问店员有没有看到一个中国人，他去哪儿了。听到回答之后，她立即跑到路边打车。

崔恒志站在他们下车的地方抽了三支烟，没有看到女孩，他把烟踩灭，决定去第一次见面的那个餐馆。

女孩站在明洞的街边四处张望，遇到人就问有没有见到一个中国人，有的人摇头，有的人笑着说这边到处都是中国人，女孩形容了他的身高和相貌，那人笑着说中国人不都长一个样。

“不一样！”她冲他大吼。

“神经病。”那人走开了。

她颓丧地蹲在地上，看到了地上的烟蒂。她捡起其中一个，上面写着汉字，那一刻她笑了，她好庆幸他有这样一个坏习惯。她忍住漫延的泪水，转身大声呼喊他的名字。

餐馆已经打烊了，他看了看手表，这是他和她约定的最后一个小时。如果见不到她，他只知道自己会遗憾终生，却不知道她会不会为他的消失而难过。她或许会，或许不会，她如果难过了——他耳边忽然回响起她的那句话，“我每次遇到不开心的事，就跑去南山，站在首尔塔顶吹着风……”

他激动得蹦起来大叫。

09

女孩站在塔顶，风吹干了她的泪水。首尔的夜色美得让人心碎，她已想不起上次站在这里是什么时候，这一天发生了太多的事情，让她忽然觉得好像白日梦一般不真实。让自己伤透心的前男友的相貌在脑海里渐渐模糊掉，继而被另外一个明晰的脸庞取代，她觉得这张脸坏笑的时候是那么迷人，想到以后再也看不到他了，泪水淹没了她的眼。

有游客站在她的旁边。她别过身，不想让别人看到自己流泪的样子，她觉得自己哭泣的时候好丑。那人毫不知趣地往前凑，“看着整个城市的夜景，所有的烦恼都没了。”

女孩愣住了，看到那人的坏笑，她好想扑过去，趴在他胸口大哭一场，心里所有的委屈都化作泪水，也许就可以心平气和地送他离开了。她忍了又忍，最后只是挥拳打他的胸膛，“你这个臭流氓！”

崔恒志抓住了她的手，微笑地看着她。

“看什么看，有什么好看的。你真讨厌！”她再也忍不住，扑进了他的怀里，拍打他的后背，“你这个流氓！”

“你知道吗？”他温柔地帮她拢好被风吹散的头发，“首尔的夜景好美，我都不想走了。”

“那你好好看夜景吧！”她推开他背过身去。

“与首尔的夜景相比，你更美，你连哭鼻子的时候都这么好看。”他转到她的面前，“还剩下最后的十分钟，我想问你到底爱上我了没？”

“你是男生，你先说。”她不去直视他的眼睛。

“这七个小时其实都是为你准备的，就算你现在爱上我，”崔恒志抚摸着她的脸颊，“也比我晚了七个小时。从地铁看到你的那个瞬间，我就已经爱上你了。”

女孩愣住了，她没料到他真的会先说。崔恒志情不自禁地把头靠过去。女孩忽然醒悟过来，瞪着眼睛问他：“这是要吻别吗？”

“只剩五分钟，再不吻就没有机会了。”

“来吧。”女孩闭上眼睛，泪水顺着眼角滴落。

“好。”崔恒志刚碰到她的鼻尖，就又退回来望着她。

“为什么又不吻了？”女孩睁开眼问。

“我怕这么一个吻之后——”崔恒志转过头，“我就真的要难过了。”

两人乘电梯下了首尔塔。在漫长的电梯里，女孩决定送他去仁川国际机场，这样就可以多陪他一会儿。

地铁里非常拥挤，崔恒志捏了捏她的手，“你把姓名、手机号码和住址写给我，万一再走丢了，我还能找到你。”

女孩翻了翻包，“我没带笔。”

崔恒志捋起袖子，“你拿眉笔写在我手臂上。”

女孩在他手臂上画了一些符号，“这是我家的地址，你以后可以来找我。”又写了一串阿拉伯数字，“到北京了就打这个电话。”最后写了三个字，“这是我的名字。”

“啊，你是崔秀英？”崔恒志愣了，“少女时代？”

“少你个头啊，做梦呢？”女孩拍拍他的脸，“醒醒吧。”

“咦？”他反复看着那个名字，“你不是说你不姓崔吗？”

“首尔每十个人里面大概有两个半姓崔，你以为我愿意啊，一个背井离乡的姓。”

“哈哈，这下麻烦大了。”崔恒志苦恼地说。

“什么麻烦？”崔秀英不解。

“结婚登记会好麻烦的。”

“谁要跟你结婚啊，流氓！”

崔恒志没有行李要托运，换完登机牌直接去安检。他知道踏进这条黄线，就再也没机会跟她说话了，就磨蹭着不愿进去。“空调有点冷。”崔恒志嘴里咝咝地吸气，“能说点儿温暖的话吗？”

“说什么？”她装作听不懂。

“温暖的情话，用不用我教你？”

“用——你教呀。”

“啊？”崔恒志没想到她会这么接，“其实我不会，要不你教我吧。”

“我也不会。”崔秀英没上他的当，如果在告别时刻什么都没说，两个人尽管留恋彼此，还可以当作什么都没发生，回到各自的生活中。如果说了些什么，就不好收场了。

“那就别说了吧。”崔恒志心里很明白她在迟疑什么，“让我再仔细看看，你应该是所有我认识的女孩里面，最漂亮的。”

“你可真会说话。”崔秀英拧着崔恒志的胳膊，“回北京了，要记得多和美女搭讪哦！”

“北京哪有你这么美的女孩了，忘了问……”崔恒志的目光在她的脸上扫来扫去，“你没整过容吧？”

“你才整过容呢，我这叫‘天生丽质’。”崔秀英摸摸他的脸，“你是我见过的最不懂珍惜生命的人，以后不要和别人打架，你要学会容忍和克制。如果让我知道你不好好照顾自己，我就真去整容，让你再也找不到我，找到也认不出我。”

“唉，最毒不过女人心。”崔恒志叹气。

“快去安检吧。”崔秀英提醒他。

“拥抱一下吧！”他没等她同意，就用力地把她拥入怀中。

“晚上和你走散之后，我想我明白了爱情对于我来说意味着什么。”崔恒志抬起她的下巴，注视着她弯弯的眼睛，“如果我爱一个人，生活中遇到的所有事，有趣的无趣的，都想和她分享。如果我爱你，我走在北京的大街上，看到任何相关的东西，看韩剧，看电影，听流行歌曲，甚至路过一家韩式料理，我都会想起你。首尔和北京的时差是一小时，我对你的思念会始于北京终于首尔，每天我会想满你二十五个小时。”

“其实今天我有很多事没告诉你……”崔秀英把头靠在他的胸口，“在地铁上遇见你后，我不知道你为什么跟着我，我开始以为是我前男友的朋友。我昨天晚上决定离开他之后，只是写了封信，还没有面对面地和他分手。今天他一直在给我打电话发信息，可我再也不想见他了。我一直都知道有的男人是不值得女孩去付出的，可我就是不愿意我曾深爱的他是那类人。你在餐馆里对我说完那段话之后，我忽然明白了什么样的男孩才是我所期待的，我忍不住想看这几个小时，能不能真正地爱上你，拥有那种一劳永逸的爱情。当我开始喜欢你的时候，你却退缩了，你不敢回答我关于以后的问题。”她又落泪了，“现在你要走了，我说什么都没有用，所以，今天以后的日子里，你在北京，我在首尔，我们在各自熟悉的生活中，也许会想念彼此，也许过段时间就结识了新欢忘掉了对方，就像从来没有认识一样。而我，只有一个要求，请你照顾好自己，为你，也为我，照顾好你自己。”

他克制不住胸口喷薄而出的心动，捧起她的脸，疯狂地吻上她的嘴唇，仿佛要把这一生所有的力气都在这个甜蜜而又忧伤的吻中耗尽，直到涌出的泪水打湿了彼此的脸。

他帮她擦掉眼角的泪，在她耳边轻声说了句：“在我走之前，还是教给你吧，这世界上最温暖的情话，只有三个字，它们是：我，爱，你。”

崔秀英不忍看他离去的背影，一个人走出了安检大厅，机场的广播里放着离别华尔兹，行人的欢笑让她心情更加糟糕。他或许是对的，他的家在北京，那里有他的朋友，有他熟悉的街道，他属于那里，不属于这里。可还是觉得心有不甘，她在走廊里快步前行，和那些站在自动人行道上的人较劲，她从来没走过那个便利通道，她觉得只有懒蛋才那么干，她努力地朝前走，想要超过他们，想要快点儿离开这个伤心之地，回到家躺在浴缸里泡个澡，睡上一觉，明天醒来，也许一切就这么过去了，就像做了个甜蜜而又感伤的美梦。

机场的广播音乐切换成了英文，她听到飞往北京的航班就要起飞了，催促乘客们赶快登机，他应该已经系好了安全带，坐在窗口的位置上等待起飞了吧。广播又换成韩文重复一遍：有位北京的乘客没有登机。她停住脚步，广播切成中文：最后一次呼叫，崔恒志先生，飞机马上起飞，请速到登机口登机。

她笑了，忽然明白了这是怎么回事。她原地转身往候机大厅走去，进了自动人行道，她发现这样比走路快多了，真是个体贴的发明，她忍不住在上面跑了起来，风吹乱了她的长发，想到马上就能见到心爱的人，她又忍不住想流泪。她懒得去擦拭那些涌出眼眶的泪水，因为她知道，在她爱的那个人眼里，她连哭泣都是那么好看。

V
相逢的人会再相逢

较之于连患抑郁症，
我更愿意看到的是
女孩毁在他手里。
毕竟我们是好朋友，
帮助他走出困境才是正经事。

当我的好朋友
遇到我的女朋友

{ The First and Last Love }

01

和女朋友尚未分手的时候，她曾说过一句让我永生难忘的话：你就是典型的于连。

毫无疑问，她说的是司汤达笔下的于连·索雷尔。她之所以这么说，是因为我当时在一所贵族学校上班，她怀疑我哪天结识了富家女，就会为了远大前程把她给甩了。

我想了想，觉得不太可能。如果非拿文学名著中的人往我头上套的话，我宁愿被她说成是莫泊桑笔下的乔治·杜洛瓦，毕竟这位是“漂亮朋友”。

不久后，我结识了一位现实中的于连。他比我早一年来这儿工作，在尚未分到单身宿舍之前，我们几个年轻人挤在一起住了三年，因此，我得以目睹他成为于连的整个过程。

于连生于乡村，但所有认识他的人，都不会意识到他的出身与别人有何不同。他皮肤白皙，身材颀长，说话谦虚得体，没有帅气的五官，但因为脸上常挂笑容，有着不错的人缘。

我们的友谊，起源于一个饭局。

那时候他单身，我和女朋友异地恋，每到假日都有大把空闲时间。我习惯一个人吃饭，他却从不落单。中秋节那天，我们在校园里碰见，点头打了个招呼之后，他邀请我一起吃饭，我推辞了几句，看他很坚持，就索性答应了。

他情商很高，给人的第一印象很好，无论你说什么他都笑着回应你。还有一个特点是健谈，在男生面前爱讲些黄段子，幽默而又率真。两个初次见面的男性，在一起聊聊下半身，关系就会迅速变得亲密，说起来，这效果跟女人之间聊八卦有得一拼。

02

我把于连的相片给女朋友看。她说，你别跟他深交，这个人面相和善却内心阴险，你这么没心没肺的人跟他玩，早晚要吃亏。那时，女朋友还没说我是于连，我们的关系非常之好。女朋友家境殷实，父母给的生活费多得花不完，她每逢假期都来北京看我，然后住上一段时间。

于连平时也和我聊聊感情，得知我女朋友是个富家女后，鼓励我一定要把她拿下，这样就可以少奋斗几年，我却对这种想法不以为然。

我把女朋友安顿在酒店，回宿舍取洗漱包时，于连问：“搬过去住啊？”

我笑了笑说：“是啊。”

他问：“住几天？”

我说："最多两个星期吧。"

他说："那你可得省着点用。没有耕坏的地，只有累死的牛。"

我顿时明白，这又是个黄段子，就说：牛不耕地，也是会憋死的。

他说："回去和你女朋友商量个时间，我请你们吃饭。"

第二天早上，我和女朋友提起吃饭这件事情，她坚决反对，用她的话说就是，我为什么要跟他吃饭，何德何能。

我说，你是我女朋友，他是我的朋友，你来玩，他请吃顿饭，这很正常的。

我们争执了很久，最后她还是拗不过我，梳妆打扮一番就跟我一起去了。我们到达于连说的餐厅的时候，菜已经基本上齐。那顿饭吃得很糟糕，女朋友很少动筷子，于连一直在劝我们多吃点，其间聊了一些不痛不痒的话题。

我记得女朋友没话找话地问于连："你家在哪儿？"

我担心女朋友的问题会戳到于连的痛处，心里暗暗焦急。于连却没有丝毫不爽，不假思索，一个历史名城就从他嘴里脱口而出。

他在撒谎。

那个城市是他读高职时的学校所在地。而他真实的家，是一个穷乡僻壤。我没好意思拆穿他，我想既然他想在出生地这个问题上修饰一下维护自尊，我也就不好去拆穿，吃人嘴短嘛。这个问题之后，饭桌上的气氛更加尴尬。

直到女朋友返校，于连又提起她。

于连问："你女朋友怎么喜欢装淑女啊？"

我解释："她可能是不太会和陌生人交流。"

于连说："她人虽然虚伪做作，但是身材不错，这几天你可爽歪了吧？"

我不喜欢和别人谈论有关这方面的问题，但碍于情面，不好说什么，所以只好把他的话当成是恭维。

看我没回答，于连跟宿舍里其他人开玩笑："你看看他这几天，累得连说话的力气都没有了。"

宿舍里顿时笑声四起，我寡不敌众，只好陪同大家一起笑了，就像在笑话别人一样。

03

当时我以为友谊就是你吐露点隐私，我吐露点隐私，彼此分享之后，关系才会更亲密。所以每当于连问起我和女朋友的事，我就有什么说什么没有故意去掩饰。本来我这个人也不太会藏事儿，内心怎样大部分都写在脸上了，跟于连就更没必要撒谎，毕竟我们是朋友。

于连跟我说起他的一些恋爱史。他高职读书时，曾经征服过一个骄傲的校花。那个女孩的家就在学校附近，典型的白富美，许多男生垂涎，却没有人能把她追到手。

高职的情况我有耳闻，荷尔蒙旺盛的少男少女，在课业相对轻松的环境里，每天想的都是些风花雪月。于连是班长，人缘相当好，也有一定的权力，在课外实践的时候，他故意把她的名字划到自己所带的小组之中。除了往脸上涂脂抹粉这样的事情，女生的动手实践能力普遍比男生弱一些。于连就有机会以帮助为借口去接触校花，两个人之间的关系渐渐发生了变化。实践结束归校，不出一个星期，于连就带校花在外面过夜了。

于连说起这段光辉岁月时，眼神里流露出异样的光芒。那段时间，于连因为经常在外面过夜，父母给的伙食费几乎全部花光。他自尊心很强，不想在校花面前显得太寒酸，就去四处向同学借钱。后来，校花已完全坠入爱河，于连就开始冷落她。无论她以什么理由邀约，全都被他拒绝。

她以为他已经厌倦，痛苦不堪。喝得烂醉找他倾诉，他抓住机会跟她摊牌，自己家庭并不富裕，为了和她恋爱已经负债累累。校花感动得当场落泪，随后手挽手把他拉回了自己家里。原来她父母并不在这儿住，当时购买这套房子也只是为了方便她上学，唯独有个保姆每天在家里为她做饭洗衣服。

于连就在这儿住了下来，过起了衣食无忧的小日子。甜蜜的生活直到校花要带他去见父母那天才戛然而止。校花酝酿了很久未来规划：毕业，结婚，相夫教子。于连当时被吓住了，他没料到她如此传统，他以为只是玩玩而已。

这件事发生后，他并未被校花的单纯善良感动，而是觉得自己将要被一根无形的绳子捆住。他觉得自己还年轻，未来尚有无限可能，如果跟这个女孩过一辈子，他就没办法再追求更好的生活了，于连收拾了自己的东西，夺门而出。

她明白再也不能和他在一起，就从阳台上跳了下去。幸运的是她家的楼层不高，仅仅是右腿骨折，腰扭伤，送到医院特护病房后，她又服下一瓶不知从哪儿搞来的安眠药，被细心的护士发现，推去急救室洗胃。

尽管如此，于连也没有去看她。有打抱不平的男生把于连堵住揍了几拳，这件事情就因此轻易了结。

那个昔日骄傲的校花，如今却成了一个神经兮兮的女子。于连当时觉得，自己没有做错什么。喝了酒之后，才吐露真言："现在我回想起来，会觉得有点难受，她大概是我遇到的对我最好的一个女孩了，我却辜负了她。"我问他："再给你一次机会，你还会这么做吗？"于连先是笑着，"世上没有回头路可走。而后认真地想了想，我应该还会辜负她的。"

"为什么？"

"你不会了解的。"

我大概是醉了，也没有再追问几个为什么。于连为什么醉我不知道，我是为那个可怜的女生而醉。

"你后悔吗？"

他摇了摇头，说："我只是想起来会愧疚，仅此而已。"

我把最后一口酒喝干，然后捏扁易拉罐，一脚踢飞。

04

于连又有了新恋情，女朋友是酒吧里认识的服务生。

当时我们几个室友在酒吧熬夜看球赛，于连和另外一个室友同时看上了吧台里擦杯子的女生。说实话，那女生确实出众，长相姣美，身材高挑，笑起来有酒窝。他们两人分别到吧台搭讪，别人先要到的手机号，最后的结果却是她和于连好上了。往后我们来这儿聚会时酒水价格就会打个九折，大家纷纷向他表示敬佩，除了我。

我不大喜欢他们看待女孩的目光，也不太赞同他们对待感情的态度，可这并没有影响我们的朋友关系。女朋友不在身边，我多少有些孤单，大部分时间都和他们泡在一起，偶尔和女朋友通通电话，聊的话题也与他们有关，比如他和这个酒吧妹。

她听完后，说："看看你，整天跟什么人混在一起。"

"我跟他们还是不一样的。"

"物以类聚，人以群分，我看你跟他们也差不了多少。"

"如果我跟他们一样的话，就不会天天跟他们混在一起了，该是和其他女孩混在一起才对。"

"你敢！"

“有那个贼胆，没那个贼心。”

“说得好听，谁知道你有没有偷偷去和别的女生约会。说不定哪天我就杀到北京去了，你可得当心点，别被我抓住什么把柄。”

“你可以随时来抽查啊，北京欢迎你。”

暑假时候，女朋友向父母要了一笔钱，以上暑期英语班为由赶到北京和我团聚。

我们学院大概是全中国放假最晚的一所大学，校方的理由是要和其他普通院校岔开铁路运输的高峰期，因此暑假英语班开课的时候，我们还没有放假。作为一位合格的男友，我请假陪着她去交报名费、领教材、找宿舍，连铺床这样的活儿都由我一一代劳。

她们的宿舍被安排在交大的校园内，和我们学校仅仅两条街之隔。她每天下午下课后，在交大门口乘公交车，两站地之后就到了我们学校门口，她在附近的咖啡馆等我，下班之后我跟她会合，两个人一起去吃饭、逛街，乐此不疲。通常我们很晚才回到学校，叫上于连或者其他舍友一起去吃烤串，酒足饭饱之后，大家一摇三晃地回到住处。女朋友的酒量大得惊人，我们在一起的两年多时光中，从未见她醉过一次，而我却逢酒必醉。许多时候，在于连和其他舍友的怂恿下，女朋友替我喝了不少酒。

好景不长，有天我接到家里的电话，父亲说有位亲属去世，让我务必尽快赶回家参加葬礼。我向女朋友说这件事的时候，她跟我赌气，一整天没有理我。我知道她是舍不得我离开，我也知道我必须离开。

晚上我给她打电话：“乖，你在这儿好好学习吧。”

“我学个屁啊，你难道都不明白我来北京的目的吗？”

“我知道的。”

“那你还让我自己留下来。”

“这件事情特殊。我走了之后，你可以更专心地在这儿学习，为考研做好准备，明年考到北京来读研究生，我们不就天天可以见面了。”

“你走吧，不要管我了。我怎么着自己能做主。”

“好吧。”我知道她只是赌气，没当成多严重的事，于是就匆匆收拾行李踏上了南下的火车。

05

后来我才知道女朋友的英语课程并没有上完，而是约了一个同学去旅游了，整个假期，几乎没有和我联系。暑假开学后，我和于连一起出去上网，看见她在线就顺便问她为什么没有把英语课上完就走了。

她并没有及时回复。

我一般不和别人在网上聊天，也不喜欢玩游戏，女朋友不搭理我，我看了部电影。然后无意间扫见于连的 QQ 好友栏里，有我女朋友的头像，原来是他俩一直开着窗口聊天。我心里顿时醋意横溢：他们不是相互不待见吗？两人怎么聊得这么投机？

我发闪屏给她，大概是被我抖得受不了，就回了我一条：“你有事吗？”

“没事。”

“没事你闪我干吗？”

“你为什么不把英语课上完？”

“你还好意思说，你把我一个人扔在这儿就走了，我待不下去，更学不进去。”

“那你考研怎么办？”

“考研的事不用你操心。”

“你暑假去哪儿玩了？”

“去同学那儿。我决定玩最后一个暑假，然后开始好好学习，直到考上研究生。”

“好吧，那你加油学习吧。”

“哦。”

“……”

“没别的事了吧？”

“照顾好自己。”

“好的，你也是。”

然后我们就彼此无话了，我去厕所里抽了一支烟，心里很不是滋味。女朋友从未用这种语气说话，我有点怀疑她和于连之间有什么事情瞒着我，我却蒙在鼓里。

我又看了一部电影，其间于连一直在聊 QQ，不知道是和别人还是和我女朋友。上完网，我们一起去吃消夜。在此之间没有说话，只是不停地喝酒，不知道那天晚上喝了多少杯扎啤。回宿舍的路上我跌了一跤，于连伸手扶我，我没理他，自己爬了起来，摇摇晃晃地往回走，于连一直跟在我身后，怕我再摔倒。

第二天早上清醒后我问于连："暑假期间见过我女朋友吧？"他先是一脸错愕地望着我，继而微笑爬上嘴角说："你忘了，我们不还在一起喝酒来着，她酒量比你好多了。"

"我是指我走了之后。"

于连眼神非常无辜，不知道是真的，还是装的。

"昨天晚上，她都跟我说了。"

他表情有点不自然，问："她说什么了？"

我已经明白了，于是说："没什么，她说你这人挺不错。"

于连马上堆了一脸笑容，我没等他回答就转身走了，从我问话时他的几种表情来看，他们之间确实有过什么事情，但具体是什么，不好说。

我打电话给女朋友，说："我们分手吧。"

"你喝多了吧？"

"我很清醒。"

“为什么？”

“暑假时候你都去了哪儿？”

她一边回忆，一边说出几个城市的名字。

“你是什么时候见到于连的？”

“我没见过他啊，你什么意思？”

“昨天我们俩去喝酒，他什么都说了。”

“他说什么了？”

“他说什么不重要，我只想听你怎么说。”

“亲爱的，你先冷静下，听我说。”

听到这句话，我心里“咯噔”一声，果真有情况。我说：“别叫亲爱的，先回答我的问题，其他的现在不必说。”

“亲爱的，不管怎么说，我们是情侣。如果遇到什么问题，两人应该站在同一条战线，来共同解决，我们是一条战线上的，对吗？”

“说重点。”

“如果有谁，不管他是什么目的，挑拨我们的关系的话，我们更应该团结起来对付他，是吗？”

“不用讲道理，你只用说你什么时候跟他见的面，都发生了什么，就可以了。”

最终女朋友跟我说清楚了事情的整个经过：她在我离开北京之后，就去了青岛找同学，先去海边玩了几天，玩腻了之后同学提议她们一起去另外一个城市，但是那儿没有她们认识的人，本来准备取消，她忽然想到于连在那个城市，于是就给他打了电话，询问一些情况，于连说他不在家，去了别的地方，就找了他同学代替招待她们两人。

女朋友说：“就是这么回事。”

我心里顿时好受了一些，虽然我之前感觉到他们之间发生了什么，却没有料到居然是这个情况。尽管从她的叙述中我找不出任何破绽，但是还是有点不舒服，我酸酸地说：“你们昨天聊得很开心嘛。”

“还行吧。”

“聊些什么？”

“问他谈女朋友没。”

“你对他有意思啊？用不用我给你腾个空？”

“你是不是巴不得我跟别人好了啊？整天把我往别人身上扯。”

“那你问他感情问题干什么？”

“我要把我同学介绍给他。”

“他已经有女朋友了。”

“但是昨天他说他不太喜欢他的女朋友。”

“喜欢或者不喜欢，那也是他们之间的事情，你不要插手。”

“好好好，听你的。”

06

那年秋天，于连遇到了一个棘手的问题。

他是第一次遭遇这个难题，不免忧心忡忡，而我一直很谨慎，尚且没有遭遇过，并不觉得是什么大问题，不就是怀孕嘛，人之常情，不知道世界上有多少人四处求医拜佛还怀不上呢。

我劝他别紧张，避孕这件事情的本质就是这样的：不成功，便成人。

于连说，你净说些不腰疼的话，等你遇到这样的事就知道我的感受了。

我心想有这个经历也好，吃一堑，长一智，下次他就会多加小心。

于连在宿舍里走来走去，走累了之后坐在沙发上，手里夹着一支烟沉思，想了半天一拍腿，说：“做掉他／她。”

“你晃了半天，我以为你在给儿子取名字呢。”

“开什么玩笑，生下来，你养活啊？”

“我如果是他爸，我肯定养。”

“你养个屁，你没看奶粉都什么价格了？”

“国产的还是喝得起的。”说这话的时候，三鹿奶粉还没有被发现有三聚氰胺，而当于连和女朋友分手的时候，各类新闻媒体关于毒奶粉事件的报道铺天盖地。

当于连跟我说起要和女朋友分手这件事，我笑着说："就算是奶粉的问题，也不至于不养孩子，就算不养孩子，也不至于分手啊。"

"我可是认真的。"

"你当初跟她好的时候，也是这么说的。"

"你怎么能老帮着别人说话呢？"

"喝了人不少打折酒，总得帮人说句话吧。何况人还刚失去了儿子。"

"儿子女儿还看不出来呢。我已经考虑清楚了，她提出什么要求我都会答应的。"

"那你还跟我商量什么？"

"我有事求你。"

"别这么客气，不用说'求'这个字，我能帮上忙的尽量帮你。你不会是想让我替你去向人摊牌吧？"

"不是。我已经跟她商量过了，协议分手。"

"那你想让我帮你什么？"

"我们吃顿散伙饭，你也一起来吧。"

"算了吧，我去了影响你们交流。"

我摆摆手推了。当时我们几乎每天都一起吃饭，他俩请我，或者我请他俩，吃饭并不是为了增进友谊，而是已经养成了一种习惯，但是这一次的饭局，我怎么好意思去吃。

"昨天我跟她说分手，然后让她提出她的要求，她说她要考虑考虑。她的所有要求，我都会答应，请你去，是想让你当个见证人。”

我第一次参加这种让人感觉浑身不舒服的饭局，那种感觉就好像提分手的人是我。于连和我挨着坐，女朋友坐在他对面。座位还是和从前一样，气氛却大大不同，以前吃饭的时候，我们会开些玩笑，而这一次，我们大家都沉默寡言，始终没有笑，因为我猜想，她也许会哭起来，这么一顿悲伤的散伙饭，笑很残忍的。

除了专注夹菜，我真不知道该做些什么，大概是因为该说的已经提前说清楚，于连和女朋友也并不多话，大家只专注于品尝饭菜。直到后来，果盘端上了来，这个饭局终于要结束了，在座的至少有两人舒了口气，其中有我一个。

于连问：“有什么要求，想好了吗？”

她咬着嘴唇，没有出声。

于连说：“没关系，想到什么就说什么吧。”

她说：“什么要求也没有。”

于连说：“你确定？”

她噙着眼泪点了点头。

于连的嘴角浮现了一丝不易察觉的笑容。

出了饭店之后，女孩说：“能再抱抱我吗？”

于连没有吭声，他扫了一眼周围，大街上人来人往。

我说：“你们先聊，我去拦辆车。”

于连点了点头，我继续往前走，他们在我身后拥抱在一起。

我心想，原来分手是这么简单一回事。

走了没几步，我听到身后“啊”了一声，是于连的声音。

于连捂着小腹，蹲在地上，血从他手指缝里流了出来，女孩手里的水果刀“当”的一声掉在地上。

我 × ！这两个字一直在我心里重复着。这样的桥段，我只在电影里见过，当它真实地呈现在我面前的时候，我呆呆地立在原地，几十秒后才反应过来，我连忙跑过去扶住于连，为了防止女孩再次冲动，我把刀踢进下水道里。

于连疼得嘴唇发青，汗顺着鬓角往外冒。

我冲女孩喊：“还愣着干什么，赶紧打车去医院。”

07

于连并无生命危险，手术后在医院里躺了两个月。其间他已经分手的女朋友几乎每天都在医院陪护，不知道是以什么身份。

我不信佛，但我相信这个世界的因果。于连躺在病床上不能动不能笑的这两个月，我总是对他说，活该，就当是你还债了吧。

于连出院后，彻底和她断了来往。此时我才知道于连之所以提出分手，是因为他看上了另外一个女孩，于连指给我看，出乎意料的是，这个女孩并不比上一个漂亮。在于连看来，这并不重要，重要的是她有一个有钱的爸爸。于连数次跟我说起女孩父亲的名字，我丝毫没意识到这有什么可聊的，看我没明白，于连又提到一个赫赫有名的家族企业，现任掌门就是女孩的父亲，我震惊了。

当我跟女朋友打电话的时候，聊起于连，就说起了他怎样和女朋友分手，怎样挨了一刀，出院之后又准备再追其他女孩。她问："他怎么这么冷血？是不是人啊？"

"这一点你放心，至少他受伤后进的不是宠物医院。"

"你少跟我嬉皮笑脸。你们天天在一起，早晚你也成为冷血的人。"

"我和他不一样。"

"你别忘了，近朱者赤，近墨者黑。"

"不是还有一种，出淤泥而不染呢？"

"如果有一天你胆敢跟我分手，我也捅你一刀。"

"如果是你提出的呢？"

"那就算了。"

这年冬天，于连寝食难安，失眠到半夜，爬起来给我发了一支烟，倾诉内心苦闷，他对如何表白这件事拿不定主意，问我怎么办。

"你当初不还搞定过校花，比我经验丰富多了，还问我。"

"现在面临的情况跟以前不一样，这个女孩出身豪门，我和她的身份地位悬殊太大，帮我想想办法吧。"

"我也没认识过像她家境这么好的女孩，经验值为零。"

"你是怎么追上你女朋友的？"

“她追的我。”

于连惊讶，原来是这样啊。

我无奈一笑，说：“实在是没有能帮得上你的地方。”

“你读了那么多书，见多识广，再帮我想想。”

“我考虑考虑。”

“你一定得帮我这个忙，苟富贵，勿相忘。”

其实，别的事情还好说，我特别不愿意帮他追女孩。失败了还好说，万一帮忙成功，这个女孩也就毁在他手里了。对待这件事情，我抱着打酱油的态度。

之后就发生了一件让于连措手不及的事情——他父亲病逝了。本来老人家身体就不好，于连受伤住院这件事走漏了风声，传到他父亲的耳朵里，老人家因此一病不起，家乡人都传言他父亲是被这个不孝儿子活活气死的。

于连请假回家料理后事，追女孩这件事就这样搁浅了，我有没有说过我是个心地善良的人？在得知这个噩耗的时候，我默默地抽着烟，一边为于连的家庭变故感到难过，一边为他日后的前程忧虑起来。于连回家前，我对他说追女孩没帮上忙，如果需要钱就打个电话给我，这忙一定能帮上。于连拍了拍我的肩膀，张了张嘴，却什么都没有说。

08

父亲去世这件事，对于连的打击非常之大。我不曾经历过，难以想象这究竟意味着什么，却在朝夕相处中感受到他的变化。于连变得情绪不稳定，在我的生日饭局上，有朋友举杯说，祝我们的父母身体健康。我端起酒杯一饮而尽的时候，于连把酒倒在地上，哭了起来。在座的几人手足无措，不知该如何安慰。于连抹了把眼泪，举杯跟大家致歉，祝大家趁年轻，实现远大前程。

我很担心，照这样发展下去，于连早晚会患上抑郁症。为了使他尽快开朗起来，我读了不少治疗心灵创伤的书籍，当我看到“爱情的力量是伟大的”这句话时，脑海里浮现了那个女孩的身影。

较之于连患抑郁症，我更愿意看到的是女孩毁在他手里。毕竟我们是好朋友，帮助他走出困境才是正经事。《犹太法典》里说：拯救一个生命和拯救全世界同等荣耀。但我还不能直接告诉他说你去追那个女孩吧，追了之后一切就恢复正常，这会伤他自尊。我苦思冥想才想到一个办法——有次我俩单独在宿舍的时候，我不经意扔给他一本书，说，作为一个男人，不看会后悔的。

书名叫《把妹达人》，是尼尔·施特劳斯的自传，记录了作者跟随世界第一把妹达人谜男学习游戏规则，从一个挫男逐步成长为美国把妹达人的全部过程。书里穿插着许多案例，解析各个把妹高手推倒心仪女生的全过程。

这本书是我逛书店时偶然发现的。我随手翻了几页，就认定于连会很需要，哪怕仅仅是当成励志书籍来读。

我的推测没有错，他的确被这本书吸引，每天书不离手。几天后，他的情绪有了一些变化，开始跟我们聊一些下半身的话题了。这是一个信号，于连快要走出阴影了。

果真，有天他主动找到我，说："我正在看第三遍，有个疑问。"

"什么疑问？"

"你说，书里边那个华裔大学生，真的搞定了帕丽斯·希尔顿？"

"如果你不相信，你用他的方法搭讪那谁试试不就清楚了。"

"我也是这么想的，但还是有些胆怯。"

"你觉得那个富家女比起帕丽斯·希尔顿更有难度？"

"这哪有可比性！"

"你先别着急实施行动，我还要给你另外一本书。"

于连夸张地握住我的手，激动得不知道说什么才好。我有点欣慰，他这个样子，才像真实的他。

09

我把尼尔·施特劳斯关于把妹的第二本书给了于连。

书的扉页写着："请每天依照书中指示，研读附录的简报，执行现场练习，一天一天循序渐进。不要跳到后面的进度，错过任何一课或任何练习都会影响你的成果、游戏技巧与人生。别说我没警告你。"

我看完扉页就扔开了，我不能容忍自己一本书读一个月。但是，于连却如获至宝，把扉页上面的每句话当作圣旨，每天早上醒来就查阅当天的任务。我没有往下读，不大清楚里边有什么内容，却从于连的日常生活中不断看到一些变化，比如开始使用香水（而且还是女香），去一些比较贵的专卖店买衣服，佩戴手表，精心修剪指甲，蓄胡须，并且有时候很晚才回来，身上佩戴着一些奇怪的饰品。于连说上一本顶多只能是打开了视野，这本书才是真正的教材，他的目标——也就是书上的目标：三十天内敲定一次约会。

于连每天对着书本背记一些搭讪的开场白，并且经常跟我说一些专业术语，虽然我弄不懂这些是什么意思，但是我由衷地为他感到高兴。不是高兴他的把妹行动，而是他重新获得了生活动力。

某天半夜，于连把我从床上拽了起来，然后握着我的手说："成功了！"

我迷迷糊糊地问："怎么了？"

"我今晚和她约会了。"

我连忙问："怎么样？"

"约会结束之后，我们从电影院出来，过马路的时候我牵她的手，她没有反抗，也没有挣扎。"

我心想，一个男生第一次见面之后顺利和女孩牵手，意味着有接下去发展的可能，至少这个女孩不讨厌他。

"看来有戏，恭喜恭喜。"

“起来，喝一杯去。”

我们已经很久没有坐在一起喝酒了。

那天晚上我们干了无数杯扎啤，于连心情愉悦时很容易醉。醉了之后跟我说了许多关于未来的设想，要跟这个女孩组建家庭。我不由得佩服，他理想之具体，连多少岁结婚、和什么样的人结婚、什么时候生小孩都计划好了。然后他在想为儿子起一个什么名字，我提议男孩就叫于连，他问：“于连？有出处吗？”

“法国第一公民，《红与黑》的主人公。”

“什么东西？”

“一本外国名著。”

“有出处倒是不错，但我也不姓于啊。”

我才意识到“于连”只是在我意识中对于他的称呼，而他并不叫这个名字，大概我真的是醉了。

10

暑假来临前，于连顺利地和女孩在一起了，两人公然在马路上拥吻，被我撞见过几回。对于连来说，这真是个美好的结局，富家女和穷小子的爱情故事，长盛不衰。

自从于连和女孩确定关系之后，我又变成了一个人。和从前没有认识于连时一样，独来独往。我比较中意这样的生活，更自由，也更舒服。

女朋友报的是一所国家重点院校，受到不少亲戚朋友的奚落，她却让所有人都为之惊诧。在成绩公布的那天晚上，她和宿舍的姑娘们一起喝了个烂醉，依照她的酒量推测，大概得有几十桶吧。喝多了也不忘了给我打电话报喜，说："我考上了。"

"祝贺你。"

"我想做的事情，一定能做到。"

"你是个好孩子。"

"我想做的事情，一定能做到。"

"你喝多了？"

"我想做的事情，就一定能做到。"

"要不你早点睡吧，明天再说？"

挂了电话之后，我去洗漱。回来之后发现手机上有十个未接电话，都来自女朋友。正翻着她又打过来了，我按了接听键，听她把刚才那句话重复了二十三遍。

我想范进中举也不过如此，幸好她没有因过度高兴而疯掉。而是完完整整、安安全全地到了北京。我接上她，打车去学校，帮她办入学手续，买日用品铺床叠被，一切收拾妥当之后，我就直接回去了。地铁站台分别时，她有点娇羞地说："我来了。"

"你指的是姨妈？"

"我是说我，来，了。"

"噢，我知道你来了，我接的你嘛。"

“亲爱的，这下可以经常在一起，再也不分开了。”

“好。”

“不是在做梦吧？”

“要不我拧你一下。”

“抱我。”

“大庭广众的，不好吧？”

我们在地铁入口处紧紧地拥抱在一起，很久很久。之后我过了安检，向她挥手告别，不管什么时间、什么地点，告别总会有点伤感。列车出了站台，在城市上空行驶了一会儿，然后钻入地下，车厢顿时暗了下来，我思考着，现在女朋友已经来到北京了，是否我也该像于连那样，对未来有一个具体的规划？

是的，的确需要一个规划，有了规划，接下去的路就会清晰很多，我脑子里盘算着各种念头，一个半小时之后，我出地铁站的时候，大脑已经在考虑结婚的问题，从前总是觉得这是个遥不可及的人生大事，却没想到，其实它一直近在咫尺。

我想我错了。

11

分手是她提出的，给我的理由是：我们的距离太遥远。

世界上的事情，就是这样荒谬。起初我们相距千里之遥的时候，谁也没有觉得距离有多远，如今，虽然生活在同一个城市，却感到遥远。

可是我又能说些什么呢？我们安静地离开了彼此，甚至谁都没有再提起捅谁一刀这件情。我们删除了对方的所有联系方式，把放在对方那儿的书、衣服等都找出来，连带剪开的照片一起还给了彼此，之后就再也没有联系过。

尽管如此，我对分手的原因还是有点耿耿于怀，想破了脑袋也找不到说服自己的理由。后来，我有点庆幸自己没有把它弄明白，我宁愿一直糊涂下去，我宁愿自己不去了解。因为我怕知道真相之后，会伤心，会绝望。

说说于连吧，自从他搞定了富家女，我们之间的距离也越来越远了。起初我以为是失恋这件事对我打击太大，以至于对友情也产生了错觉。后来我发现，这真不是错觉。是他在有意回避我，不再约我吃饭，不再找我抽烟，不再跟我聊一些有的没的。我不明白为什么会出现这样的结果，也不知道自己到底做错了什么。

过了很久之后，我才想明白到底是为什么。当时我在看一部港片，里边出现这么一个桥段：有人莫名其妙地被人追杀，临死之前要做个明白的鬼，就问为什么要杀我？杀手说，你知道得太多了。然后“乒”一枪，了结了那人的性命。此时我才顿悟于连远离我的原因，跟杀手相比，于连还是善良的。

那天晚上，我独自去喝酒了，还是从前我们常去的地方。我发现这是个错误的选择，我会触景生情想起于连，我曾在这儿听他规划未来，他说要等时机成熟去见女朋友的父亲，争取加入他们的家族企业。我想起我的女朋友，她曾在这里替我喝过无数杯扎啤，我想到我当时的一个念头——找机会把她灌醉，看看到底她有多大的酒量，但是，这辈子我是看不到这一天了。

12

半年后，于连要离开这里了，他成功地加入了女方的家族企业，户口也迁到了北京，我对他的行动力感到敬佩。得知消息那天，我去办公室找他，他却不在，我坐在他办公桌前抽着烟等待，他电脑桌面上开着聊天工具，我晃动鼠标，自动隐藏的好友栏就出现在桌面，这是一个新申请的号码，里边只有两个好友，一个是他自己，还有一个，不是我，是我的女朋友，不不，是我的前女友。

我有点疑惑，为什么他会单开一个号，为了和她聊天吗？虽然一时没有想明白为什么，但是心里还是有点隐隐的难过。这时候响起了“嘀嘀嘀”的声音，前女朋友的头像在桌角闪烁，我忍了很久才忍住偷看聊天记录的这个念头，我不愿知道事情的真相，哪怕我已隐约感觉到了些什么。

于连走了不久，我也辞了工作，想通过考研改变一下自己的生活。再不改变的话恐怕我会失去更多，虽然我已经想不到有什么可失去的了。

这段时间，我读了大量的外国文学名著，包括司汤达的《红与黑》。这本小说我读得格外仔细，想从头至尾了解于连·索雷尔到底是一个什么样的人。我忽然想起女朋友曾对我说过的那句话：你就是典型的于连。其实女朋友并没有读过《红与黑》，只是听外国文学老师讲过大致的故事情节，她并不了解于连，就像不曾了解我一样。

如果能再见到她，我一定告诉她，你错了，我不但不是，而且这辈子也无法成为于连·索雷尔。

之所以这么说，是因为我知道这个世界上，本没有如果。

相逢的人 V 会 再相逢

我们能不能享用
别人带给我们的快乐，
却依然深爱对方？

假如爱你时
我还拥有自由

{ The First and Last Love }

每天你都有机会和很多人擦身而过，而你或者对他们一无所知，不过也许有一天他会变成你的朋友或是知己……

——王家卫《重庆森林》

01

在几年前，我尚且年轻时，曾有过一次奇特的经历。

那时的我每个周末都会去一个地方，和一个女孩碰面，一起度过几个小时，乃至一天。她是我当时的女朋友，我们分别住在这个城市的最东端和最北边，为了显示男女平等，我们找来一张北京地图，仔细测量了从我这儿到她那儿的距离，然后选取一个折中点作为我们约会的地点，这就是故事所发生的地点：西单。

每逢周六的下午我搭乘一个半小时公交车来到西单和她碰面，一般的情侣会做的事情，我们也曾乐此不疲地一一尝试，分别后我们独自穿越半个北京城回到各自蜗居的地方，直到有一天，她向我提出了一个问题，这看似平淡却又温馨的生活方式便由此戛然而止。

那是个炎热的夏季傍晚，空气沉闷而阴郁，逛街逛累的我们面对面坐在咖啡馆靠窗的位置上。乌云正从四面八方赶来汇集，黑压压的越积越厚，天色也变得混沌起来，疲倦仿佛是一座无形的山，压得我透不过气来。

她用小勺搅拌着咖啡，看着泛起的漩涡，问："你打算以后一直这样吗？"

从这句话中我听不出丝毫的感情色彩，是赞同我们一直这样相处下去，还是希望我们之间有所改变？我缓缓思索着这个问题，然后试探着说："这样不挺好的吗？"

她摇了摇头，我看着她等待下文。

她终于搅匀了咖啡，把小勺放在碟子的一边，抿了口咖啡，然后说："有束缚。"

"哪里有束缚？"

"心理上。"

"你能再说具体一点儿吗？"

"我怕我说出来你接受不了，那样的话还不如不说。"

"既然你已经想到了，你不说出来的话，我更接受不了。我们之间一直没有过什么隐瞒，不是吗？"

"嗯，我意思是在情感生活方面，我们彼此会有束缚，我想和你做那一种恋人——契约式的，像波伏娃和萨特那样，两人不必结婚，但又是亲密的生活伴侣，真诚相爱的同时，各自保持着爱情的独立自由。你觉得怎么样？"

“这个问题来得太突然了，容我想想。”

她没有应声，期待着我的答复。

我思索了一会儿，悄悄叹了口气说：“恐怕我做不到。”

“不是吧。男人不都巴不得自己可以自由地和女人交往，而不被自己的女朋友责怪？”

“虽说这个社会里，有这种想法的男人多了去了，但我大概不是那样的人。况且萨特的高度不是一般人能够达到的，所以他和她的行为方式也未必能为常人所享受，甚至接受。”

“很多人都这样啊，只不过你没注意到而已。”

“可是你为什么会想到这个呢？”

“我是觉得一个人很难避免去喜欢上另外一个人，就算他们已经拥有自己的另一半，精神越轨是常常会发生的事。”

“你喜欢上别人了？”我警觉地问。

“没，你先回答我，我说得对吗？”

“或许吧。”

“你敢说你与我恋爱这几年中，没有喜欢过别人？”

我在记忆中仔细搜索了一遍，说：“我不敢说没有，只不过此刻想不起来喜欢过谁，毕竟没有任何越轨的行为。”

“是不是因为你一旦越轨了，会在心理上对我有愧疚，所以才没有是吧？”

我仔细回想了一下，说：“是这样的。”

“这就是我说的束缚，如果没有我的存在，也就是说你没有女朋友的情况下，你会不会有所行动，对你喜欢的人？”

“有可能。”

“所以嘛，我觉得有必要帮你从这个束缚里解脱出来，如果我支持你，或者说是默许吧，你再次遇到自己喜欢的人，可以试着去交往，尽可能地放得开，发生关系也未尝不可，你也不必对我有愧疚，尽情享受快乐就可以了，这个提议不错吧？”

“我想知道你所说的这种情况，底线是什么？”

“身体可以越轨，但不能付出感情，你得保证我们之间的感情始终是第一位的。”

“这行不通，如果我越轨了，肯定是连带精神上一起越的，会付出相当的感情，它未必会次于你我之间的感情，在那种情况下，如果它占了上峰，你我必定会成为陌路，你有没有想过？”

“你傻吧，为了一个偶尔出现的人，放弃一个一直在你身边存在的人。你要始终记得我们的感情是第一位的，这就是我们不可逾越的底线。”

“那你呢？”

“你我平等拥有这种权利。”

“你是不是有喜欢的人了？”实话实说，我有一种醋意在心里翻腾。

她沉默了一小会儿，抿了小口咖啡，说：“暂时还没有。”

“那为什么要在这个问题上纠缠呢？”

“你想想看，每天我们身边都会出现很多人，你和他们擦身而过，不知道究竟会发生什么，他们之中会有你喜欢的人，或者讨厌的人，总之你会因为自己固有的东西，而失去和他们更进一步了解的机会，或许你的幸福和快乐就在你所失之交臂的这些人之中，你不觉得太残酷了吗？”

“这样听起来似乎有道理，但我的理解是：任何的幸福和快乐都是要付出代价的，不管它有多短暂，总会是你付出了一些或许多东西，才会得到，或者你得到他们，必定会失去一些东西。比如，你喜欢上了一个人，你和他擦出火花，寻找快乐，必然会失去我。”

“这就是我跟你聊这个话题的原因，我们能不能享用别人带给我们的快乐，却依然深爱对方？”

“我想这一定是矛盾的。”

“为什么会矛盾，难道你不希望我可以过得更幸福一点？”

“我当然希望，但这个幸福必定是建立在你我之间，我们共同谋得的幸福，如果你和别人一同获得了幸福，我就是不幸福的。”

“你太自私。”

“这怎么叫自私呢，是个男人，只要大脑正常，都会这样想。”

之后我们谁也没有再说一句话，只是默默坐着，时不时喝一口咖啡。

“带烟了吗？”她问。

“带了。”

“给我。”

我从包里找出了半包中南海，她一把夺过去。

“打火机呢？”

我又从包里把打火机掏出来递给她，还是她曾经当生日礼物送给我的 ZIPPO。她一手拿着烟盒和打火机，一手拎着包起身出了星巴克。

在我等她回来的这段时间里，一直在默默思考她所提出的这个建议，直到马克杯里的咖啡由热变温，由温变凉，终于变得冰冷，也想不出个所以然。我看了看手表，推门走了出去，一股热风扑面而来，外面街灯耀眼，人群熙熙攘攘，却不见了她的身影。

02

我绕着时代广场转了无数遍，除了汗水，一无所获。此刻只想赶快回到屋里洗个热水澡，然后舒舒服服睡一觉。

在站牌前等末班车的时候，困倦得仿佛站着都能睡着，我前面有一个穿牛仔短裤格子衬衣的女孩，在打或者接一个冗长的电话。她歪戴着一顶黑色小礼帽，右手持手机贴着面颊，左手食指不停地绞着衣角。或许我应该给女朋友打个电话，问问她去了哪儿，但是想了想还是放弃了，既然不辞而别，自然有她的原因，也许明天她就会主动向我解释的。

我一边打着哈欠一边等车，排队的人很多，挤过来挤过去，她离我最近的时候最多不超过十厘米，望着瘦弱而美丽的背影，我不禁同情起她的口吃起来——是的，女孩略微有点口吃，尽管声音压得很低，我还是听得很清楚她的话："你怎么证……证明你一直想……想我？"

"我又看……看不见你，怎么知……知道你没和别的女孩在一起鬼……鬼混。"

"你发……发……发誓。"

"我没……没听见，大……大声点。"

"你爱……爱我吗？"

"我怎么知……知道。"

"你说……说嘛，我想……想听你亲……亲口说。"

她总在关键的字眼上口吃，我听着她说话，额头渗出了一层细汗，不知道是热的，还是急的。恨不得替她把话说利索了，进而开始同情他的男友，电话的另一端一定也听得心急如焚。

"为……为什么不……不方便？"女孩的语气有些转变。

"我知……知道了，你身边肯定有……有其他人。"说完这句话，女孩左手食指不再和衣角纠缠，而是整个左手叉在腰上。

"谁他妈……妈信。你不说……说的话，就是有。"

"你不说……说我挂……挂了啊。"

"别指……指望我再搭……搭理你。"女孩啪地合上手机，跺了一下脚，骂了一句脏话，继而把手机关机装入包中。

车终于来了，停稳后车门刚好在女孩的正前方，后边的人推着我往前挤，车门还没开，女孩被挤得贴在车门上，我被挤得贴在她背上，她扶着帽子转身瞥了我一眼，很是不满的表情，我耸了耸肩，意思是自己很无奈，真的不是故意的。

车门终于打开，女孩被我以及后面更强大的力量推了个趔趄，幸好我有心理准备，一手抓住扶手，一手迅速扶住她胳膊，她才不至于跌倒。她没说谢谢，也没回头，扶了扶帽子径自往后走，一直到后边的车厢找到了一个靠窗的空位，坐下后把包放在腿上，掏出一把日式的小折扇“呼呼”地扇了起来，我坐在了最后一排，掏出纸巾擦擦汗，望着窗外站牌下拥挤不堪的人群，推开车窗，风从窗口挤了进来。

我戴上耳机，听着音乐冷不丁回忆起我小学时候曾经喜欢过的一个女孩。记忆是个很奇怪的东西，一些你所经历过的事情，长达几年几十年埋葬在脑海里，以至于你根本不能意识到它的存在，忽然有一天，某个场景、某一首歌，甚至某种气息触发了一个开关，啪一声你便掉进一片回忆的汪洋里，所有的情绪和感觉都如潮水般汹涌地把你卷入漩涡深处。

她是我曾经的同桌，一个性格极为内向的女孩，上课总是静静地听课做笔记，下课也默默无语。在我和她同桌的三年当中，她从没举手回答过一个问题，老师也从未在课堂上提问过她，她下课后跟谁都不说话，连近在咫尺的我都不能幸免。对她另外一个深刻的印象是她的洁癖，从我和她做同桌的第一天起，擦桌子的任务便全权由她负责——并不是我懒，实在是她更擅长这个。每天早上到教室之后，她把书包放在凳子上，从抽屉里掏出叠成方形的抹布，开始擦桌面，顺序是从左至右，从上至下，擦拭干净后，把抹布叠成四方放进抽屉，然后去洗手，回来坐下后便又开始了一整天的沉默不语。由于跟谁都不说话，她显得那么与众不同，同时又让我变得落寞无比，经过三年无言的相处，我发觉自己渐渐喜欢上了她，她的沉默不语和她的洁癖都令我忐忑着迷，大概那是一种她身上所特有的、与生俱来的某种东西。

终于有一天，我才知道她不说话的原因是患有口吃——恐怕任谁都不会猜到是这个原因。她对说话这件事有着异常严重的心理恐惧，她选择沉默或许只是抗拒自己缺陷的一种方式，但这种方式简直就是恶性循环，你越是害怕什么，就越会被之所困扰。之所以知道她的口吃是因为换了一个班主任。在第一堂课上，班主任希望每名同学都做一个简短的自我介绍，当我介绍完自己后，她仍然低着头坐在座位上，班主任叫她的名字，她才抬头慌慌张张地看了周围一眼，缓缓地站了起来，沉默了一小会儿，继而开始小声抽泣，经过班主任循循善诱的一番开导，在我们的期待下，她终于开了口。这是我第一次听她说话，口吃使她显得有些笨拙，有些捣蛋的学生哧哧地笑了起来，随着她磕磕绊绊地说话，笑声也从刚开始的稀稀拉拉几声慢慢发展到很多同学都不约而同地哈哈大笑。虽然同学们并不是恶意地嘲笑，但我心中还是隐隐地痛，恨自己不能帮助她教训这些人。我想到用掌声鼓励或许是此时最好的办法，就率先在同学们哄笑之前鼓起掌来，班主任也拍起了手掌，同学们不再哄笑，掌声轰然而起，热烈而持久。她再次抽泣起来，既可怜又可爱。

在那天放学后，她唯一一次没有铃声一响就离开，直觉告诉我，她或许是想跟我说话，我们俩就在座位上磨磨蹭蹭，假装收拾东西，直到其他同学都出了教室，她才慢慢地开了口：“谢……谢谢你。”然后根本没有等我说不客气，提起书包走了。

第二天班主任重新编排了座位，我和她没能继续做同桌。在离开我们共有的课桌前，她默默地又把桌面擦拭了一遍，从左至右，从上至下，我一动不动地注视着她，想想自己应该说些什么，终究什么也没说。

换了新的座位之后，她开始尝试和同桌交流，渐渐波及周围的同学，乃至全班。于是性格也逐渐开朗起来，她再也不像以前那样独来独往，除了说话依然口吃之外，从她身上几乎找不出其他的瑕疵，学习成绩优秀，长相也甜美，我甚至觉得，口吃使她更具有一般女孩所不具有的那种魅力。比如每当她说话卡壳的时候，会眨巴着她那双大眼睛，仿佛要协助嘴巴一起表达似的，有时候则会扳手指，左手扳着右手的手指，不行，右手扳着左手手指，还是不行，那就用手指绞着衣角。观察她跟别人说话，实在是一种享受，她时而眨巴着眼睛，时而噘着嘴在大脑里极力搜寻合适的词，时而脸庞因情绪的急切而泛起红晕，再加上她一直保持的蘑菇头，俨然一个从日本动画片里走出来的美少女。

纵然我越来越喜欢她，也终于没有过多地表露什么，小学毕业后，我们上了不同的中学，从此再也没有遇到过。此刻我在假设，如果我当时向她表白说我喜欢她，又会是怎样的一幅情景呢？也许她会微笑着说：谢……谢谢你噢。间或眨巴几下眼睛，就走开了；也许她会跺一下脚说：我要告……告诉老师去，说你欺……欺负我；也许她也喜欢我，接受我爱慕之意，和我一起报考同样的中学，一起偷吃早恋的青苹果。我们或许会因此荒废了学业，读不了大学，那么我将不会遇到现在的女朋友，今天下午在星巴克这个讨论也断然不会发生，我也不会因为乘公交车而遇到这个口吃的女孩，更不会因为口吃联想起我曾经喜欢过的小学同学，随着时间的推移，她会被我完全地遗忘，纵然再次在人海相遇恐怕也认不出彼此。

但人生是不允许有假设的，此刻我坐在公交车里听着音乐，内心回想着一个口吃的女孩，前边坐着一个口吃的女孩在打瞌睡，人生就是如此这样的不可思议，每一个不经意的选择都会决定以后人生的轨迹，所有的选择加起来，就成了现在的你，如果拿掉任何一个选择，或许就会成了另外一个你。

汽车在狭窄的街道上缓缓爬行，望着窗外拥挤的车流、闪烁的街灯，思考着这些没有头绪的问题，身体感觉出极度的疲惫，困意渐渐袭来，把我赶进了梦乡。

03

不知过了多久的时间，仿佛有一个世纪那么长，我被售票员粗鲁地叫醒："终点站到了。"

我迷迷糊糊地扫视了车厢，喝着茶水的司机和数着钞票的售票员幸灾乐祸地看着我，外面的世界电闪雷鸣，风雨交加。

"请问这是哪儿？"

"终点站。"售票员回答。

"终点站是哪儿？"

"终点站就是终点站，下车吧，你俩还真能睡，坐过站了吧？"

"我俩？"

"那儿还有一个。"

我顺着售票员的手指看见了在站台避雨的一个身影，不用仔细辨认，从衣服就可以看得出是那个口吃的女孩。

我抱着挎包冲向站台，这雨一定是用盆浇出来的，短短不到十步的距离已经让我浑身湿透，我站在她旁边狼狈地抖着衣服，摘下手表擦擦雨水放进包里，此刻是11：23。

她生气地扫了我一眼，说："你……你干吗跟……跟着我？"

"我有吗？"

"在西单等……等车的时候，那人是……是不是你？在我背后推……推……"

“是我，但我不是故意的，后面的人推我来着。”

“暂且不跟你计……计较。我睡……睡着了坐过……过了站，你也是？”

“是啊，我不小心睡着了。”

“真……真这么巧？如……如果人说……说给你听，你能……能信？”

“不信，但这确实是事实。”

公交车司机打着伞拎着茶杯走了过来，边走边喊：“我说你俩别跟这儿耽误事了，一会儿越下越大，赶紧去打个车该去哪儿去哪儿。”

“去哪儿可以打车？”

“出了大门，左拐一直往前走就能看见公路，抓紧点儿。”

“这会儿还能有车吗？”

“正规出租车一般不往这儿跑，不过平时黑车多的是，这鬼天气恐怕有点悬。”

我向他道了谢。

“你果……果真不是跟……跟踪我？”

“我发誓我没跟踪你，虽然你长得还算漂亮，但我也不愿意为了多看几眼美女，大半夜站在这儿淋雨啊。”

女孩将信将疑地打量了我一眼，然后撑开伞走了，雨越来越大，可见度只有几米，转眼的工夫她便消失不见了，我把挎包里里外外翻了几遍，也没找到可以遮雨的东西，于是只好把包顶到头上在暴雨里狂奔。

跑了大约三分钟，找到了司机说的那条公路，却没发现有所谓的黑车，过路的卡车和私家车倒是不少，虽然都在暴雨里减速慢行，但却对我的招手熟视无睹，我胳膊都挥舞酸了也没见一辆愿意停下来，不过也不能怪别人，谁让我睡着了呢？活该自己倒霉，我索性不再招手，顶着包顺着公路往市区走。

雨渐渐变小，视野范围扩大了许多，从未在北京见过如此荒凉的地方，除了公路，只有旷野。走回去肯定是没戏了，出租车恐怕也没运气遇见了，我想。那个女孩不知道怎么样了，我渐渐遗忘了自己的狼狈，为她担心起来，或许她早一步打到车，已经到家了，正惬意地泡在浴缸里呢，希望如此吧。虽说这人脾气大了点，警惕性高了点，对一个妙龄少女来说都是可以谅解的，况且她看上去还算赏心悦目。我竟没来由地对她产生些许好感，她的口吃在我看来也是可爱至极，如果不是天气恶劣，我还真愿意跟她聊上那么几句。

我终于拦到了一辆车，是一辆收工回家的出租车。攀谈了几句，司机却不肯送我回住处，我要去的方向和他家南辕北辙，他说这雷雨天气开夜车太危险，虽然得挣钱，也得要命，除非我多出钱。张口就要几百块，我翻出钱包看看，知道这次回去是不可能了，最终敲定我出一百块他把我送到附近的酒店。

到达酒店已经将近半夜，大堂经理告诉我客房刚刚住满，很抱歉，希望我再去其他酒店看看，我立即跑出去叫那辆送我到这里的出租车，已经无影无踪。我回到总服务台，心存侥幸地问大堂经理，有没有漏掉哪个退过的房间。

“我们这是电脑控制的，有没有空房一目了然，您不信可以自己看一下。”

我仔细地看了一遍显示屏，确实如他所说。

“怎么又……又是你？”大厅的一侧传来了熟悉的声音，那位口吃女孩正在手机加油站前摆弄手机，看见我就走了过来，一副兴师问罪的样子。

我不禁心虚了，解释道：“我真没跟踪你。”

“谁信。”

“你听我解释，我冒雨跑了半个小时，好不容易打到一辆车把我送到这里，没想到你也在。”

“废……废话少说，有……有没有一元钱，硬币。”

我赶忙上下乱翻，还真找到一枚硬币，递给了她。

她拿走硬币回到手机加油站，继续摆弄起来。

大堂经理低声问我：“这小妞儿你认识？”

“刚刚见过一面，谈不上认识。”

“就是她，入住了最后一个房间。我看，如果认识的话可以商量商量凑合一起住得了。”

“那怎么可能？如果是个男的还好说。”

“这你就不懂了吧，现在不是有拼客这么一说吗？拼饭吃、拼车开、拼房睡，多了去了。”

“她住什么房？”

“豪华标准间，独立浴室，独立卫生间，无线上网，两张床。”

“谢谢，你这个主意不错。”

于是我开始游说她，动之以情，晓之以理。首先我确定自己是个好人，没有对她产生非分之想，实在是没办法才出此下策，而且我坚持要付全价房费，最终说服她同意与我同住，时间刚好深夜一点。

冲完澡，关了灯，我披着浴衣躺在床上，回想着刚刚过去的这一天，许多事情显得突然而不可思议，先是女朋友提出什么契约恋人，接着不辞而别，又遇到这个口吃的女孩，几个小时后和她睡在一个房间里，我敢保证我从未预料到这辈子会有这样的事情发生，一切看来都是那么偶然，让人难以置信，却又是如此顺理成章。

“哎，睡……睡着了吗？”她小声问我。

“没。”

“干……干吗不睡？”

“失眠。”

“我也是，想……想什么呢？”

“萨特和波伏娃。”

“名字怪……怪的，想他……他们干吗，欠……欠你钱？”

我倒希望是，唉，我叹着气想。横竖睡不着，索性把整件事情的来龙去脉跟她聊聊。

听完我的讲述，她轻叹一声，然后说：“真……真是不可思议。”

我默然。

“哎，我问你，果真不……不会偷……偷钻我这里来？如果我睡……睡着的话。”

“如果你是担心这个而睡不着觉，大可不必的。”

“我凭……凭什么相信你？”

“你都让我睡了，还不相信？”

“你给……给我出去。”

“别，别！你想啊，我连你的名字都不知道，刚才已经告诉你了，如果我半夜会趁你睡着占你便宜的话，那我就成了我女朋友希望的那种男人，那么我一开始就会接受她的建议，做什么‘契约式恋人’，何必等你出现来考验我呢？如果我接受了她的建议的话她自然会很欣慰，那样怎么可能不辞而别呢，那么我也不会因为赶末班车在站台碰见你，那样的话就不会睡过站，更不会被你误会是跟踪你的坏人，也更不可能此刻睡在你旁边一两米的地方跟你解释这个恼人的话题。你明白吗？”

“不……不明白。”

“唉，算了，跟你说也没用，你放心睡好了。”

“开……开玩笑的，我差不多理……理解了你的话，你女朋友倒是挺……挺大度的。”

“这可未必是大度，我在想，或许她只是因为遇到了一个喜欢的人，却不忍心因此放弃我们的感情，又受到这两个法国人的影响，才提出了这样一个古怪的协议。”

“可怜。”

“算了，不提了，晚安吧。”

“晚……晚安。”

04

第二天醒来时已经将近中午。

阳光透过窗帘的缝隙照在床上，由于昨夜淋了一场暴雨，早晨醒来有些头痛，我睁开眼发现被窝里多了个人，女人。她的头抵着我的肩膀，一只光滑的手臂抱着我的脖子，一条腿压在我的身上，不由得吓了我一跳，回忆了半天才想起来昨天经历的一系列事情，我向四周看了看，确定这是我的床，并不是我趁她睡着钻她被窝占她便宜，从这个姿势来看，倒是我被她占了便宜。我低头查看了一下衣服，内衣还好好地穿在身上，也不记得自己有过什么出格的行为，于是紧绷的情绪慢慢放松了许多。

她抬起头，用手揉了揉惺忪的睡眼，伸了个懒腰。

我说："别动，保护现场。"

"保护什么现场？"她一头雾水地问我。

"你刚才手在我脖子这儿搂着呢，腿也压在我身上。现在你再摆回来。"

"干吗啊？怎么了？"

"证明我是清白的，我可没有半夜趁你睡着，钻进你被窝，占你便宜，我也没拉你过来，这可是我的床。"

"你这人真够封建的。"她呵呵地笑着，"昨天半夜打雷，我害怕，所以才跑你这儿来的。封建佬，抱都抱了，装什么正人君子。"

"我怎么装了，昨天要不是我赌咒发誓不占你便宜，你怎么可能让我跟你住一块儿，难道你忘了？"

"昨天？昨天怎么了？我可没忘。"

"咦！"我惊奇地叫了一声，"你……你怎么说话这么流利，口吃好了？"

"本姑娘说话一直很流利，你才口吃呢，你全家都口吃。"

"不是吧，这事奇怪了。"

"奇怪个屁，你想耍赖是吧，你别以为睡一觉我就忘了你昨天的流氓行径。"

"流氓？我怎么流氓了我？"

"想让我提醒你？你这人，老手了吧，看见长得漂亮的姑娘就上去搭讪，昨天我在西单等车来着，你上来说借个火，说你女朋友刚把你的烟和火拿走，不知道到哪儿去了。我说你这招也太老套了吧，就说没火。你又说我长得像你小学同学，什么你暗恋过她，要多肉麻有多肉麻，我从未见过一个男的能深情款款一本正经地说那么多煽情的话，后来实在受不了了，我可是有着一颗怜悯之心啊，就答应和你一起在酒吧坐坐，喝杯酒聊聊天，后来下了暴雨，错过了末班车，你学什么电影里的桥段，非让我和你一起在暴雨里狂奔，我没答应，你就拉着我的手，死拽着我从西单一直跑道平安大街，然后实在累了就在这个酒店里开了房间。”

“你说的是真的吗？我太崇拜我自己了。”

“别得意，还好我们有君子协议！”

“什么协议？”

“我答应和你聊聊，是因为看你挺可怜的，女朋友不辞而别，碰巧我又像你第一次喜欢的那个人，作为朋友来说，安慰安慰你也是应该的”。

“有这么好的事？”

“好吧，其实是刚好我男朋友让我很生气，我是想借机报复他一下。”

“我说呢，那么，我们都做什么了？”

“问这个干吗？”

“一定是哪儿出了问题，这跟我记忆中的经过完全是两码事。”

“你不用找借口抵赖。我们只是喝了两杯酒，然后沿着街道在雨里狂奔，又累又困所以才开了房睡觉，互不盘查，互不侵犯。并且分床睡。”

“那你怎么在我被窝里？”

“我嘛，从小就怕打雷，小时候得让我妈抱紧我，后来自己住了，每次都得抱紧‘突突’。”

“突突是谁？”

“是一只熊，笨笨的挺可爱。昨天半夜雷声把我吓醒了，我到处摸不到‘突突’，突然想起来是在外面住。就钻到了你被窝里，借你身体抱抱，你可别想歪了。”

“这是哪儿？郊区吗？”

“这要是郊区，就没市中心了。”

我拉开窗帘看了看，平安大街上车水马龙。难道她说的是真的？

“我没骗你吧，嗯？”她顽皮地笑了一下，然后一件一件往身上套着衣服。

“我总觉得你像一个人，真的。”

“你的小学同学。你曾经暗恋过的一个女孩，她很漂亮，是吧？你昨晚已经说过了，谢谢，请你就此打住，再听一遍我保准吐了。”

“你叫什么？”

“这个我们有约在先的，无可奉告。”

“那你告诉我你小学是在哪儿读的？”

“又来了，我不会说的，你甭费口舌了。”

“你真没有口吃？”

“我都说了多少遍了，没有，从小到大都没有过。还要我说什么，赶紧的，饿死我了。她戴上小礼帽，优雅地转身照了照嵌在衣柜里的镜子。”

“那你记不记得你擦桌子的顺序？”

“你脑袋秀逗了吧？这傻问题。无可奉告。”

看来我无论问什么她都不会说的，并且也无法找出关于她口吃的任何证据，难道真的是我记忆出了问题？

“那好吧。”我注视着穿戴整齐的她，伤感地说，“希望你今后说话都能像今天这样利索、清晰。”

“这话听着真别扭，好像我说话不利索似的。”女孩拎着包走了出去，“哐”的一声把门摔上。

我开始穿衣服，门又被推开了，女孩头伸进门里，眨巴着眼睛说：“最后，我可不可以给你提一个建议。”

我停下手里的动作，说：“洗耳恭听。”

“下次搭讪的时候，找个新鲜点儿的理由。不是每个女孩都像我这么心地善良的。我这么说纯属为你好，再见。”

“再见。”

05

对于两个萍水相逢却不告知对方姓名的人来说，再见的意思一定是再也别见。

那天我透过窗帘，望着她离去的背影努力地回想到底发生过什么，直到她和她的格子衬衣、牛仔短裤和小礼帽一起消失在平安大街的人行道上，从此以后再也没有见过她。

关于我们的相遇，她说的和我所记得的究竟哪一个版本是真实的，已经无从考证。至于她是不是我的小学同学，有没有说话口吃，这些我曾不断回忆的细节如今已经显得那样不值一提。

这件事也未曾向女朋友提过，不是我故意隐瞒，我很想告诉她我这个奇特的遭遇，让她帮我分析分析到底什么才是真相，她却没有给我这个机会，自从那天她拿了我的烟和打火机不辞而别之后，我就再也没有见过她，也没有接到过她的电话，其实我一直在等待着她打给我，哪怕什么也不解释回到我身边也行，可是这个希望却落了空。

那段时间我依然每逢周六都会去西单的那家咖啡馆，坐在我们最后一次见面时的那个位置上，因为我突发奇想：既然她不辞而别，或许有天她还会突然出现，像一切都未发生一样继续我们平等友爱的生活——这样仿佛也是符合逻辑的。直到有一天，我突然想听听她的声音，忍不住拨了她的号码，耳边响起另一个女人的声音，她说：“您好，您所拨打的号码是空号。”

越来越多的日子过去了，陈旧的记忆不断被新的生活际遇刷新，以至于我再次回想起这件事时，有没有这么个女朋友我都不敢确定了，但愿有过这么一个人，但愿她离开我是因为她遇见了生命中的那个 Mr. Right——就如同 1929 年的那个夏季的傍晚，二十岁的波伏娃遇见了萨特。

相逢的人会 再相逢

反正命运都已规划好路线，
早晚都要跟她说上这么一句。
越早开始，越长久，
就越符合我的心意。

现在的我
和未来的你

{ The First and Last Love }

01

来这所名校读研之前，我像所有大学生那样无忧无虑地混了四年，经历过恋爱、失恋，也找过工作，最终我还是决定继续念书。经过一年的辛苦复习，我终于走进了这所名校的大门。更重要的是，在这里我遇到了对我的人生来说最重要的一个人。

她是我上选修课时的前桌，有着一个非常美丽的名字：杨柳依依。我所选择的这门课叫“甲骨文语法信息学与未来世界格局”。之所以选它，是因为它只占区区两个学分，而且还是开卷——又多了一些可以睡觉的时间。因此，每周上这门课的时间，我总是在床上度过的。但睡多了也会有饱和的那一天。开学后的第五周，我居然一大早从被窝里爬起来了。

来得太早，教室里空无一人。我站在讲台上往下扫视，找到了一个不错的座位，它位于教室后方，紧挨着过道和后门，想听课时可以抬头看黑板，不想听随时可以从后门溜走。我把屁股安放在这个舒适的位置上之后，从书包里翻出教材，看着里面奇形怪状的甲骨文——我人生中第一次认真地注视这些祖先流传下来的字符，无比惬意——也许是座位的原因。

同学们陆续进入教室，直到整个教室坐满，我的前桌依然是空的。我很好奇，居然有人比我还懒惰。当老师走向讲台，清了清嗓子准备讲课时，我听到有轻盈的脚步声从背后传来，请想象一只天鹅在云端漫步——就是这样的声音。虽然我没有回头，内心却没有理由地暗自揣测：也许这就是我的前桌。

依依端着一个古旧花纹的陶瓷茶杯，小心翼翼地朝讲台走去，马尾辫在脑后甩过来甩过去。老师接过茶杯，冲她点了点头。这时她转过身，我才第一次目睹她的容颜，四个字足以形容：普普通通。

可是，她欠身坐下之前，莫名其妙地回头看了我一眼，四目相接，她冲我眨了眨眼，我的心轻微地震颤了一下，仿佛有什么东西在身体内复苏了。

她为什么冲我眨了眨眼呢？难道是我睡多了，出现了幻觉？老师在讲台上滔滔不绝地讲着甲骨文作为象形文字对人类信息文明传承的伟大贡献。因为长达一个月之久的旷课，我无法找到教材相对应的那个章节，只好哗啦哗啦地翻着书寻找。

她突然回头说：“第三十六页。”

又眨了下眼睛。

我不大相信一见钟情，如果有天一个女孩第一次见面就冲我不停地眨眼，我就会劝自己不要有什么非分之想，这只是她的一个坏习惯。

02

那个晚上，我失眠了。

辗转反侧到深夜，入睡后做了一个非常奇怪的梦。我很少做梦，即使做了梦，醒来也未必能够记得，而这一次的梦境却异常清晰，清晰得仿佛是现实中发生的情景。

梦中的我在一栋装饰很华丽的别墅里面，门口是一个宽大气派的旋梯。旁边一架黑色钢琴，钢琴师穿着一丝不苟，演奏着一支不知名的曲子，指法娴熟，旋律优美动听，宾客无不为之动容。曲终，钢琴师站了起来，说："感谢大家来参加这个浪漫而又别致的婚礼，下面请新娘新郎出场……"

走进大厅的是一个眉目有点熟悉的年轻男子，身着比钢琴师还要考究的西服。

我搜肠刮肚也想不起来这个人是谁，确定自己身边没有这样一位朋友，可我为什么会来参加他的婚礼呢，这一定是对我非常重要的人。思考这个问题的时候，耳边传来了众人的叹息，身着婚纱的新娘出现在前厅，身上散发着一种让人觉得窒息的美，我的呼吸变得局促起来。

新郎和新娘挽手走上舞台，在钢琴师的指引下交换了戒指。真是一对怪人，居然选择了一对乌漆墨黑的戒指作为婚戒。

新娘微微扬起下巴，视线扫过人群，与我的目光相撞，然后冲我眨了下眼睛，我惊呼出那个名字：依依！

惊醒后，我摸出一支烟点上，回味梦境。

弗洛伊德说人的各种与社会道德准则不符合的欲望通常被压抑到无意识领域，当人进入睡眠，意识控制放松，压抑的欲望就会以各种伪装形式潜入意识，就成了梦。

为什么我会梦到她？难道我对这个萍水相逢的女孩有着与社会道德准则不符合的欲望？梦到婚礼又预示着什么呢？

我回忆着新郎的面容，这张不属于任何我熟知的朋友，既熟悉又陌生的脸，难道是……我连忙起身，打开灯端详着镜子中那张因睡眠不足而略显憔悴的脸庞——没错，在梦中婚礼中与依依交换戒指的确实是我本人。

03

从那个早晨开始，我深切地期待下一次选修课。

等待是一种煎熬，如果加上喜欢，就成了甜蜜的煎熬。我一直保持的作息习惯也因此改变，关于她的一切，我都想了解：哪一年出生？有什么喜好？有没有男朋友——这是最关键的，却无从下手。我自作聪明地选择史上最笨的方法：守株待兔。

既然她选择了甲骨文的课，我只需按时到达教室，自然会与她相见。她这么有兴趣学习甲骨文，我何不把时间花在甲骨文上边呢？也好为日后的交流找到一些共同语言。

与周围的同学相比较，我是个行动能力非常强的人。这与我的星座有关，出生在 4 月 9 日的白羊座。星座书上说这一天出生的人是独一无二的——不甘于平凡，看待问题非常明确、坦白、直接，有时甚至无情。并且具有一种将理念转化为行动的独特天赋，会竭尽一切可能去实现内心的愿望。

我收拾书包，直奔图书馆，检索出所有与甲骨文相关的书籍，如饥似渴地扑了进去。虽然我自诩是个喜爱读书的人，此时此刻才发现对于汉字的了解相当匮乏。

中国香港学者安子介老先生在对世界上多种文字进行比较研究后得出结论：汉字是中国对人类文明的巨大贡献，是中国的第五大发明，其意义和价值不在自然科学的四大发明之下。西方近代科学之父培根认为印刷术、火药和指南针这三项发明改变了整个世界的面貌。马克思指出火药、指南针、印刷术是预告资产阶级社会到来的三大发明。火药把骑士阶层炸得粉碎，指南针打开了世界市场，并建立了殖民地，而印刷术则变成新教的工具、科学复兴的手段，变成为精神发展创造必要前提的最强大杠杆。

那么汉字作为中国的第五大发明，其对于未来世界的意义和价值究竟体现在哪些方面，书上没有给出确定的答案。我想起了我们选修课的题目：甲骨文语法信息学与未来世界格局。从这个题目来看，甲骨文语法信息学必然是对未来世界的区域格局有着重大影响。

我从书包中翻出学校编著的教材，上面说文字可分为“自源性文字”和“他源性文字”。“自源性文字”是某个民族独立自主创造的文字。“他源性文字”是借其他民族直接表示意义的文字形式用来作为表示语音的符号。“他源性文字”舍弃了所借文字原本体现的人们对客观世界的认知模式和知识表达模式，成为只是单纯记录语音的字母。现代西方语言的文字都属于这个范畴。

而汉字是典型的自源性文字，此外，西亚两河流域的苏美尔人的楔形文字、北非古埃及人的圣书字、中美洲玛雅人的玛雅字，都是自源性文字。由于未妥善解决字形和字音的联系问题和战争等种种原因，这些自源性文字已随着原住民一起消亡了。如今伊拉克和埃及的居民都是后来迁来的阿拉伯人，跟古代原住民的血统、文化都不同。

汉字是当今世界上唯一永葆青春的文字。

甲骨文作为最早的汉字，它与未来世界的格局有什么关系呢？我还是不能领会，决定留着这个问题去请教老师。

04

当我在课堂上勇敢地举手向老师请教这个问题时，所有同学都如同观看外星人似的吃惊地望着我。仿佛我问了一个“为什么一加一等于二”这样的傻问题，而除我之外所有人都知道答案。都怪我的鲁莽，旷课了一个月不说，还公然在课堂上提问如此傻的问题，都说性格决定命运，果然不假，要怪只能怪我的性格。

听到这个提问，老师也呆住了。他把老花镜摘下来擦了擦，然后又架在鼻梁上，从上到下仔细地研究了一下我的形象，冷冷地说："下课后到我办公室来。"

我又不知死活地追问："您办公室在哪儿？"

老师把手中的教材摔在桌子上，气急败坏地说："去问课代表！"

我被这个气势吓到了。说实话，在这所学校念书时间也不短了，从来没有见过哪个老师的脾气如此之差，本来我还想问一句课代表是谁，此情此景，只好生生地咽了回去。

老师看我木木地站在位置上，说："还有问题吗？"

这个时候依依同学回过头，把右手食指放在唇边示意我不要再吭声。

我呆呆地回答老师说："没有了。"

依依说："赶紧坐下呀。"

我才反应过来，连忙老老实实地坐在凳子上。

老师推了推眼镜继续上课，我赶紧把书摊开装装样子，他讲什么全然没有听进去，心脏还在为刚才的窘迫扑通乱跳。我深呼吸了几分钟，等情绪终于平复下来之后，轻轻地拍了拍依依的肩膀，悄声说："谁是课代表？"

依依用右手食指指了指自己的鼻子。

我点了点头，难怪她每次都去帮老师沏茶，我早该猜到她是课代表。此时我的注意力被她手指上的戒指所吸引，那是一枚闪耀着黑色光泽的戒指，戴在她纤细的食指上。

我观察女生戴戒指时有一个习惯：先从佩戴的手指来分辨她的婚恋状态，然后再观察戒指的款式和材质。很显然，依依尚且单身并且渴望爱情，我内心由衷地窃喜。戒指是黑色的，很少有人佩戴这个颜色，材质分辨不出，却依稀记得我仿佛在哪里见过。

梦中？婚礼上——新娘的无名指上戴着一枚一模一样的戒指！

这难道是真的？难道梦境早已预示了一切？她会是我未来的妻子吗？可我还没买过这枚戒指呢。我全神贯注地思考着这些问题，不知道什么时候已经下课了。

依依敲了敲我的头，我才回过神来，胡乱把笔本塞进书包，跟随她出了教学楼。

她脚步轻盈地行走在校园里，马尾辫在脑后甩过来甩过去。我真想上前牵起她的手，跟她讲讲那个梦境。但是有了今天的教训，我已不敢再贸然做出任何不符合社会道德准则的举动——恐怕又要在梦中相见了。我不由得叹了口气。

她觉察到了，放慢了步子，问："你叹什么气呀，年纪轻轻的。"

"没什么。老师脾气也太怪了。"

她又把食指放在嘴边："嘘！"

看着她比我还要紧张的神情，我不由得笑了："哈哈，怕什么，难不成他能在背后听到我说他？"

“你胆子可真够大的，难怪会是你。”

“什么会是我？挨骂会是我？”

“一会儿你就知道了。”

05

顺着她走去的方向，我看见了图书馆。为什么不是办公楼呢，难道老师的办公室在图书馆？我忍了又忍，才没有再提出疑问。

“你想问为什么老师会在图书馆是吗？”依依侧着头对我说着话，马尾辫甩到了肩的另一边。

“你还真是善解人意。”

“难道你一点都不好奇我为什么会知道吗？”

“好奇。”

“那你为什么不问？”

“你刚才说‘一会儿就知道了’。所以，有什么问题我忍着就是。”

“哈哈，你还挺乖。”

“这得分人。”

“比如呢？”

“比如你。”

“你喜欢我？”

“我说不喜欢，你信吗？我内心想什么你都猜得到，我隐瞒也没有意义了。”

“聪明。”

我没有作声，内心却“嘿嘿嘿嘿”地笑了。

“问你一个问题。”站在图书馆的门前，她回过身认真地说，“你梦中的我可算得上漂亮？如实回答。”

“你怎么会知道我的梦？这……这太神奇了吧！”我惊讶她居然能知道这么多事情，还好我仅仅梦到一个婚礼，没有梦到什么身体亲密接触的限制级画面，要不然此时的我该有多尴尬。

依依说：“这是老师的安排。”

“老师？”

“对，今天敲桌子那位。快回答我的问题呀。”

“你很美。”

“有多美？形容一下嘛。”

“看见你的那一刻，我喉咙发干，呼吸局促，缺氧般地眩晕，胸口不停起伏——就是这种让人觉得窒息的美。”

“此话当真？”

“我以我下半生的幸福作担保。”

“下半身的幸福？哈哈哈，这个誓言可真够狠毒的，哈哈哈哈。”依依笑得前仰后合。

她的幽默撩动了我的心弦，我并不是低级趣味，只是向来不喜欢说话一本正经、做事一板一眼、交流一问一答、不食人间烟火的女生。而依依却与之截然相反，第一眼看见她，我就相信了一见钟情。

我说："笑够了没？"

她擦了擦眼角的泪水，说："其实你不用发誓的，就算发誓也不用这么毒的誓。"

"我收回我的誓言，其实你就是挺普通的一个女孩，普普通通，普通得让人窒息。哈哈！"

"你撒谎是没用的。别忘了，你怎么想我都差不多了解的。"

"我想知道，你是怎么进入我的梦里面去的？"

"是老师让我进入的，其实说起来那也不仅仅是一个梦。"

"不是梦那是什么？"

"算是现实场景的一个闪回吧。"

"现实场景？梦是来源于现实？"

"可以这么说。"

"现实之中我们结婚了？"

"我不能说太多的，你去见了老师之后自然会明白，我话说多了他该生气了。"

"那你总得给一个让我信服的解释吧。"

"你只需记住一句话：'彼现实'非'此现实'。"

"彼现实"非"此现实"。我一边默默记住了这句话，一边跟随着她穿过图书馆的走廊。进入花园，来到一座有喷泉的假山前——我曾多次到过这个地方，每当看书看累的时候，就坐在花园的靠椅上，望着水流哗哗的喷泉，水雾从假山向四周弥漫，坐不了一会儿皮肤就会被水雾沾得湿湿的，那种感觉很美妙。而这次喷泉却是干涸的，可以看到一个深深的山洞。我绕着喷泉实地勘察了一圈，确实不曾发现一滴水，就算是蒸发掉也太快了吧！

“依依！”

“嗯？”

“水呢？”

“什么水？”

“喷泉里的水啊！”

“我也不知道，这得问老师。”

“老师什么都知道吗？”

“差不多吧，你可以多提几个问题考察考察他。”

“还是算了吧，他那么凶。”

“其实老师人挺好的，我们快点进去吧，他该等着急了。”

依依牵着我的手进入洞中，虽然我对老师居然在洞穴里办公这个事实一时难以接受，却因为依依和我牵着手，别说区区一个山洞，纵然刀山火海我也会毫不犹豫地跟随。洞很窄，仅仅能容下两个人的身躯，走了几步，光线便暗了下来。我点燃打火机，左手举着打火机，右手牵着依依，走在了她的前面。火苗只能照亮不远的距离，走了大概五六十步，洞忽然左转，有一条斜着朝下的路，打火机已经有点烫手了。

我们顺着阶梯缓缓下行，走得很慢，这阶梯大概有两层楼深。

我内心忽然有点恐惧的感觉，这情景仿佛传说的帝王将相的墓穴，一想到此，我的头皮忽然麻了一下，回头看了一眼依依。

“别怕，有我在。”依依说着，紧紧握了一下我的右手。

这该是我的台词才是，我心想。我怎么能比女生更胆小呢，真是的！我一边走一边对自己进行无神论的心理暗示。终于下完阶梯，看到几处光亮，这是一条装有壁灯的宽阔走廊，我盖上打火机装入裤兜，隔着牛仔布，皮肤依然能感到打火机身的温度。走廊很长，壁灯发出不太刺眼的暗黄色光芒，我心里盘算着这条走廊所处的地理位置应该在教学楼下面，继续朝前走了大约两分钟，头顶应该就是操场，我竖起耳朵，却听不到一丝篮球、足球、铅球坠地的声响，再往前走大概就出了学校围墙，头顶应该是学校旁边的写字楼，按这个坐标来算，我所处的地方应该是地下车库，可是眼前却没有一辆汽车，除了走廊还是走廊，或许我一进洞之后便迷失了方向，该带个指南针来才是。

“这里应该是地下车库吧？按方位算。”

“你不能按我们来时的那个时空方位来推算这个时空的方位。笨。”

“我们来时的那个时空？这个时空？”“彼现实”非“此现实”，我想到这句话。

她的话里暗藏玄机，我听得糊里糊涂。

走廊的尽头又是一个阶梯，方向是斜着朝上的，与刚才下来时候走过的那个差不多角度相仿。幸运的是所有走过的这些路一直没有岔口出现，不用刻标记也能找到回路，其实也不用担心什么回路，有依依在，还怕什么迷失方向。于是我又从裤兜中掏出打火机，擦燃。

我朝着前方拾阶而上，又走了两层楼那么高，按方位推算，马上就要接近地面，路的尽头是一扇门，确切来说是结实而厚重的石门，上面有一把巨大的铁锁。

“依依，反正你也没男朋友，我也没有女朋友，不如我们……”我摸着那个重量级的铁锁，回头看向她。

走廊里空空荡荡！

“依依……依依，你在哪儿？”

干涩的声音在空气里回荡。

06

她不见了，就这么无声无息地消失了，我头皮又开始发麻，既恐惧又懊悔。恐惧的是这个黑暗的洞里只有我一个人了，懊悔的是我刚才掏完打火机上台阶的时候，忘了牵着她的手。都怪我，是我弄丢了她！我内心开始咒骂自己。

我狠狠地踢了一脚石门，石门纹丝不动，我却抱着右脚疼痛得龇牙咧嘴。

老师？对，我应该找老师去，老师无所不知，她去了哪儿他一定知道，更何况依依是他的课代表。

我四下扭头寻找类似砖头之类的硬物。准备砸门。

我手持打火机四处照看，除了石板台阶和光滑的墙壁，什么也没有。

我想用火机砸，又怕砸坏了之后，没有照明工具，黑漆漆的更吓人。我看了看锁，不禁拍了拍头骂自己：真笨。锁是在我这边的。就算敲得出声音，那边的人怎么开？

打火机又开始发烫了，为了节省燃料，我盖上盖子，双手翻遍所有的衣兜，想找出一个可以撬锁的金属利器，翻了半天却没有找到任何可以用的工具。我把巨型铁锁拿起来，打着打火机仔细查看，连个锁孔都没有。

我发现自己的左手在火光的照耀下闪烁了一下。

左手，无名指，黑色戒指。

散发着乌黑光泽的戒指，我确信这是依依右手食指上的那枚，什么时候戴到我的左手上的？我想不起来。总之，事实是依依走了，留给我一枚戒指。这意味着什么呢？我发动全部可以动用的脑细胞思考着：依依的左手，食指，这说明她是单身。我的左手，无名指，我结婚了？依依单身的时候遇到我，然后戒指戴在了我的左手上——我们结婚了？

我马上推翻了这一个想法，现在连依依的人都找不到，还结个屁！我必须马上去见老师，向他询问依依的下落，然后才能有机会恋爱，才有机会结婚，然后再生个小孩什么的。

戒指，石门，铁锁，老师。

我重新开始观察石门上的巨型铁锁，摸了个遍才注意到锁身有一个环形的凹槽，我把戒指对着凹槽，大小正合适。

看来这就是钥匙了。

我屏住呼吸，缓缓地把戒指按进凹槽中，严丝合缝。过了几秒钟，锁内传来齿轮嗒嗒的转动声，然后啪的一声，弹开了。我把沉重的铁锁从石拉环上取出，挂在一边。

两扇石门轰轰隆隆地自动开启，强烈的阳光从门缝里照了进来，我用手遮住眼睛，大约半分钟后，石门完全打开了。我的眼睛渐渐适应了外面的强光，我回身去取戒指，发现戒指牢牢地镶嵌在锁身里，根本无法取出。

这可是依依留给我的唯一的信物，如果弄丢了，下次见她怎么说呢？我把锁取下来，对着石板台阶重重地磕，把台阶都砸出裂缝了却还是无法取出戒指，最后，我只好抱着这个大概有十公斤的铁锁上路。

07

这是一片阳光饱满的森林，长满了参天巨树，地面被落叶覆盖，踩上去很舒服，如果不是抱着这个沉重的铁锁，我估计走着路都能弹起来。

视野之中有一栋庞大的木屋，除此之外再无其他的建筑，说不上是什么风格，有点怪模怪样。铁锁是个沉重的累赘，走到门前我已累得满身是汗，出于礼貌，我把铁锁放下，腾出手敲了三下门。

老师端着茶杯打开了门，看见是我，没好气地说：“进来吧，等你一个多月了！”

一个多月？这老头说话也太夸张了。我不由得解释：“老师，从进山洞到现在，我一点都没耽误时间，最多一个小时，怎么会是一个多月呢？”

“旷课一个多月，你没有算上吧！”

但是旷课跟这有什么关系呢，我心想，又没有因为我不去你就不讲课了。

老师立即看穿了我的心思，忍住怒火说：“先进来，慢慢跟你说。”

我进入房子，没有在门口找到鞋柜。

“用换鞋吗？”我问。

“怎么，嫌我屋脏？”

老头子思想够奇怪的！我心里嘀咕着，嘴上连忙回答说：“不不，我是怕把地板踩脏。”

“这个你不用担心，地板就从来没有干净过。”老头子把茶杯放在茶几上，看了看我，然后问，“这边很热吗？”

“还好吧，不热。”

“不热你还满头大汗。”

“噢……铁锁太重了，累的。”

“铁锁？”

我把放在门口的那个大铁锁提进来给他看。

老头子差点跳起来，说：“你把这玩意儿搬过来干什么？”

“呃……戒指还在里面呢。”我指着锁上的凹槽说。我突然想到来时路上的一肚子疑问，于是赶紧问了我最想知道的，“依依呢？”

“什么依依？你现在立即把锁挂回到门上去！”

“杨柳依依！就是你的课代表，带我过来的那个女孩。”

“少啰唆，快去！”

我只好抱着锁往外面走，一边走一边不甘心地说：“我们走着走着，她就忽然消失不见了！”

“赶紧的！”老头子拿起门口的拐杖作势要打我。

好汉不吃眼前亏，我抱着铁锁撒腿往森林跑去。

到达石门前面，又是满头大汗，何苦呢？不就是一枚戒指嘛！不，不，这可不是一般的戒指，依依亲手戴在我手上的，而且还是无名指。我心存侥幸地又抠了半天戒指，还是弄不出来，只好把锁挂回门环上，刚走了几步，听到身后轰轰隆隆的响声，我赶紧回头，发现石门已经关闭，我只好向老师的房子走去，一边走一边酝酿着累积的疑问。

08

“老师，门为什么自动锁上了？”我进门后毕恭毕敬地问，以免他再动肝火。

“锁上就对了。”老师一边品着茶，一边回答我，“省得你跑掉。”

“我来了就没打算跑，我想见依依。”

“她不在这儿。”

“那她在哪儿？”

“她已经回到她的那个时空了。”

“哪个时空？不是这个时空吗？”

“你我此时所待的地方——‘这里’，不是一个完整的时空，而是存在于‘此现实’和‘彼现实’之间相交叉的时空。依依已经完成了她的使命，所以她从哪儿来的就回到哪儿去。”

“使命？什么使命？”

“年轻人，我们每个人降临到这个世界之时，都有各自的使命，这里也一样。我的使命是引导依依进入你的梦中，你则会因为喜欢依依而去寻找甲骨文，而依依的使命是带领你进入这个时空，之后由我督促你完成你的使命。完成使命之后，就可以回归自己的世界。”

“这么说，依依已经重新开始她的生活了吗？我必须完成使命之后，才能回到我们的世界里见到她，是吗？”

“可以这么说。”

“那我的使命是什么？”

“你跟我来。”老师起身朝另一个房间走去，我紧跟在他身后。这是一间采光非常好的卧室，但是装修得有点简陋，只有用两张厚床垫叠放在地板上铺就的宽阔大床，一组皮质沙发，一张长方形的木质书桌，书桌上杂乱地放着一些纸、钢笔、墨水，还有就是书架，确切地说是整整一堵墙的书架。

老师随手从书架上抽出一本书说：“对甲骨文你了解多少？”

“仅仅是一些皮毛而已。”

“说来听听。”

“甲骨文是殷人用刀刻在龟甲、兽骨上的文字，大约出现在商代，是最早的汉字。”

“没有了？”

“嗯。”

“连皮毛都算不上。”老师把手里的书翻了翻，然后插进书架中，说，“现存最全的甲骨文书籍共收甲骨刻辞 41 956 片，有单字 4500 个。可识的字约占三分之一，还有三分之二尚未读出。”

“你不是想让我把剩下的三分之二都读出来吧？”

“你虽然头脑一般，倒也是有可取之处的。”

“不会吧。这么重要的任务，我怎能完成呢？”

“我已经说过了，每个人都有不同的使命。这就是你的使命，没有人能代替你完成它，就像没有人能代替你活着一样。这是不可抗拒的命运。你还记得为什么选这门课吗？”

“我喜欢跟文字有关的东西，比如甲骨文。”

“撒谎，你并不喜欢甲骨文，你只是喜欢甲骨文课堂上的依依。为什么选择这门课？”

得得，心思又被看穿了，我不由得面红耳赤，挠着头说：“其实是因为我懒，这门课是开卷考试，只占两个学分。”

“懒是你性格中的某一因素造成的，性格决定命运。所以懒也决定了你背负这个使命。你的懒惰同时也带来负面影响，让我白白等你一个多月。”

“如果我知道依依会在这个课堂，我早就来了。”

“你总算开始诚实了。其实我不该责怪你，和依依在同一个世界相遇也是你的命运，或早或晚都是注定的。”

“所以当我和她遇见之后，你让她走入了我的梦境？”

“你梦中所见的场景，并不仅仅是一个梦境，那是在未来时空中真实发生过的，我们称它为‘彼现实’。”

“依依是我未来的妻子吗？”

“可以这么说。”

“那你又是怎么知道的呢？按依依的说法，你无所不知无所不能，是吗？”

“也不尽然，我了解这些事情并不是我拥有什么魔力，仅仅是因为这是我所经历过的，是‘彼现实’”的科学能够达到这样的境地。你可曾在梦境中见到过我？在你和依依的婚礼上？”

我摇摇头。

“你当时只顾着看依依了吧？”

我点点头。

09

“年轻人，我只说一遍，你听仔细了：我们三个人是在同一个时空里存在的，我在主讲一门关于甲骨文研究的课程。你和依依在甲骨文课堂上相遇，一见钟情。为了能够和她成为男女朋友，你开始坚持来上这门课。由于你的性格，最后成为我这门课最优秀的学生，因此我对你另眼相看。我要完成一个关于甲骨文和世界格局的课题，你和我的助手依依一同参与进来，而这个课题对我们国家乃至世界有着巨大影响，密级为绝密。我们进行到一定程度，遇到了一个困境——那没有被读出的 2500 个甲骨文字致使整个课题停滞。我们重新花时间来做这件事情，光把全世界的甲骨文资料搜集完备就耗费了我下半生的时间，当我两鬓斑白退休之时仍然没有完成这个课题。这个结局对我们国家的政治、经济和文化造成了极大的制约。”

我不由得对他肃然起敬，“你一生都在做这个课题吗？”

“在‘彼现实’里来说是这样的。但是国家需要挽回这个损失，在‘彼现实’中用时空穿梭的装置把我送到‘这里’。通俗点讲，我从未来的世界来到‘这里’和过去世界的你相见。所以你心里所思所想，我都知道。包括你和依依成为恋人的整个过程，我都亲眼目睹。”

“那么依依呢，我想知道一些关于她的事情。”

“她是我的女儿，唯一的。”

“难怪依依觉得他无所不知无所不能，这其中掺杂有个人崇拜的成分，我早该知道才是，我想立刻见到她。”

“等你读出这些甲骨文，就可以回去见她了。”

“如果我完不成呢？”

“如果你完不成这个使命，就永远无法与她相见。”

“我把这些字抄下来可以吗？用个几天时间，然后从来时的那个通道里带回去。多省劲儿啊。”

“年轻人，你想得太简单了，这些是带不回去的。”

“为什么？”

“你来的时候身上可带有什么书吗？”

“书？带了。”

“拿出来看一看。”

我从书包里掏出教材来，让人吃惊的是，所有的文字都不见了！我掏出钱包一看，傻了，里面的钱也成了没有字的花纸。我翻出学生证，表皮和内页的字全都不见了！天哪！幸亏我没带身份证和银行卡。

“这简直就像魔术一样！”

“你弄明白了吧？”

“这……这是为什么？”

“这是很正常的物理现象，‘此现实’和‘彼现实’是两个不同的时空，这两个时空不能靠无生命的介质相互传递信息。”

“这些钱和学生证，永远都空白了吗？”

“其实它们并没有消失，只不过是在这个时空无法看到，等你完成任务之后，回到‘此现实’中的时候，自然会发现所有的信息并没有丢失。”

“那依依为什么就突然消失了？”

“你所见到的依依，并不是存在于现实中真实的依依。你难道没有发现吗？”

“她是假的？我只感觉到某些地方好像有点奇怪，她一看到我就不停地眨眼。”

“事实上这孩子是非常羞涩的，她从来不会跟陌生人主动搭讪，因此命运只得安排未来的她来到你的时空，作为伴侣，未来的她已经对你相当熟悉，你也因此被深深吸引。这个过程是经过命运之手缜密策划好的，因此才滴水不漏。”

“老师，我还有一个问题。”

“说。”

“我在课堂上向你提问的时候，你为什么会发那么大的火呢？”

“这是整个过程的策划之中唯一出现意外的地方。我生气其实有两个原因，刚才所说的等你一个多月是其中一个原因，另外一个原因是，你问了不该问的问题，泄密会有十分严重的后果。”

“泄密？”

“关于这个课题的密级我已经告诉你了。这个密级意味着你一生都不能向任何人提起这件事情，而你却毫无遮拦地脱口而出，我担心你会有生命危险。”

“但是我看到同学们的惊讶表情，仿佛所有人都知道这个答案一样。”

“那只是你的主观臆想而已。事实上，同学们惊讶的只不过是大家对这个问题闻所未闻，仅仅是你看到的课程名称和教材是与这个绝密课题相关联的，其他人选修的课程名称是‘甲骨文语法信息学’。任务规划时唯独没有想到的就是你会在课堂上当着众多同学询问这个问题。这是‘彼现实’中我们的失误之处。幸运的是同学们只当你是神经有问题，并没有引起他们的好奇心，否则，我们将面临很大的麻烦。”

“原来我对世界如此重要，那我们即刻就开始这段命运吧。”

老师看了看挂在客厅里的钟表，说：“现在是晚饭时间。聊了大半天，我已经饿了，先填饱肚子再说，至于甲骨文，也不在乎这点儿时间了，你洗洗手，跟我一起准备晚饭。从明天开始，你有整整一年的时间来对付甲骨文。”

10

一年后，我终于完成了我的使命。

起初我以为，区区2500字，最多半年时间就能记住。可我想得还是过于简单，甲骨文的原始图画痕迹还是比较明显，有些象形字只注重突出实物的特征，而笔画多少、正反向背却不统一。还有，甲骨文的形体，往往是以所表示实物的繁简决定大小。有的一个字可以占上几个字的位置，有的字在不同的甲骨中长短不定。并且，由于甲骨文是用刀刻成的，而刀有锐有钝，骨质有细有粗、有硬有软，所以刻出的笔画粗细不一，甚至有的纤细如发，笔画的连接处又有剥落，浑厚粗重，辨识起来相当困难。有些会意字，只要求偏旁会合起来含义明确，而不要求固定，因此甲骨文中的异体字非常多，有的一个字可有十几个甚至几十个写法，光是确认这么多写法是同一个字就占用了大量的时间。

在完成这项工作的过程中，我一度因为工作量巨大、极度耗费脑力体力想要放弃，却又不断给自己树立信心并坚持了下来，能够坚持下来完成这项任务的主要原因并不是我的什么崇高理想信念和民族大义，而是实在不能忍受正值青春的我在这里跟一个老头子过日子这么一个现实，更何况我在“这里”完成读甲骨文的任务之余，还兼职做老师的小时工，卫生清洁任务都由我完成。

因此在这漫长的一年时光中，我只想尽快完成那个该死的任务，回到“此现实”中与依依团聚，正是对依依的思念，使我一再想放弃的时候又毅然坚持下来。

在我工作的时候，老师并未在技术上给予过多的帮助和指导，用他的话说就是：“这是你的使命，你只能依靠自己独立完成，我帮不了你，但我相信你。”他在“这里”仅仅是作为一名监工存在，幸亏这个监工做饭还挺有一手，否则，我恐怕要忍不住将他从“这里”赶出去，请求组织派依依过来陪伴我。当我把这个想法跟老头子说的时候，他哼哼地冷笑说他还没有教会依依做饭。依依来代替他的话，我们俩恐怕只能去外面摘野果吃，否则就是饿死。

不管怎样，我已经完成使命。我现在就要回到“此现实”中与她相见了，不管依依会不会做饭，我都想让她成为我的女朋友。

老师把我送到石门前，向我挥手告别时，嘱咐我进入石门之后，一定要记得：“此现实”并不具备“彼现实”中的科学技术，无法对时空进行任何的转换，但是“彼现实”却能改变“此现实”的时空。回到“此现实”之后，在“这里”耗费的一年时间里所经历过的事情，在“此现实”中没有任何体现，除了我大脑中的记忆，所有的这里发生过的一切会因为我走出图书馆的通道结束。为了防止我突然消失而被其他人察觉，我所经历的两个现实之间的时间衔接非常严密，甚至会时光倒回。

老师又说：“一定要把门锁好，这样的话就可以取回戒指。在命运的策划方案中，戒指是你得以结识依依的唯一信物，依依看到这枚戒指，她自然会因为好奇而向我询问这件事，因为戒指是我们家祖上传下来的。”

我把他的话一字一句刻入脑海，然后问：“没有了吗？”

“如果可能的话，你提醒‘此现实’中的我或者依依，让我们替她母亲分担一些家务，提醒你师母注意身体。”

“师母身体有什么病症吗？”

老师叹息道：“在‘彼现实’中，我一生都在完成这个课题，你的师母因为过度操劳而患病去世。”

“我明白了。”

“还有你也要注意，特别是要注意人身安全和保密，不要向任何人说起这里的一切，如果你这一环节出现问题，我们的一切努力都要付诸东流，历史也会因此改写。”

我重重地点了点头。

身后传来轰轰隆隆的声音，石门已经开启，我走进通道，对老师说：“你也要保重身体。”

老师假装不耐烦地向我挥挥手撵我走，石门缓缓关闭，四周一片黑暗。

我从兜里摸出打火机，擦了几下却没有火苗，我突然想起已经一年没有装燃料了，老师不允许我抽烟，所以戒烟之后的我再也没有意识到打火机的问题。

我摸黑把锁挂上，锁牢，锁内传来齿轮嗒嗒的转动声。我把手按在凹槽中，只听见“叮”的一声，戒指弹了出来，我把它戴在左手上，无名指。

按照大脑残存的记忆，我顺着台阶走到了有壁灯的走廊，然后上了两层楼那么高的台阶，右转，摸索着石壁，磕磕碰碰地走出了逼仄的山洞。

阳光很耀眼，无论是“此现实”“彼现实”还是“这里”，太阳总是一样耀眼，我站在喷泉前面，微微睁着眼，适应这里的光线。

我从书包里摸出钱包，学生证上清楚地写着学校名称、姓名、学号、出生年月等所有能证明我身份的文字，仿佛它们从不曾消失。

钱也在，不多不少，不新不旧。

11

我回到正常的生活中，时间衔接得恰到好处。

我来到甲骨文语法信息学的课堂，却发现讲台上是一个年轻的老师，并不是我所熟悉的依依的父亲，我没敢向他咨询任何问题。

我坐在曾经坐过的位置上认真地听课，前面的位置上坐着一个男生，这让我很疑惑，难道我离去这段时间里，她改变了性别？趁他上厕所之时，我偷看了他课本封面上的名字，幸好不是我所恐惧的“杨柳依依”，我舒了口气。

我背着书包在整个校园里四处游荡，期待在校园里和她邂逅。一个星期过去了，一个月过去了，一个学期过去了，一无所获。

甲骨文依然清晰地记录在我的脑海中，我却找不到依依和老师。暑假离校前，我再次来到图书馆，喷泉流水不止，假山的洞口完全被覆盖。我找来棍子捅进去，根本没有洞。

我垂头丧气地坐在花园的靠椅上，水雾从假山向四周弥漫，我用手抹了抹被水雾沾湿的面颊，却触摸到了从眼角滑落的泪水。

何苦非得去完成什么使命呢？让我因此再也无法与依依相见。如果能够重新选择，我宁愿我们只是两个普普通通的人，在普普通通的地方以普普通通的方式相遇，至多最后上演一场普普通通的爱情，有一个普普通通的结局，我多么希望会是如此。

度过了一个漫长的暑假之后，我甚至想退学了。由于在另外一个时空的奇特经历，回到现实生活中的我终日无所事事。老师不在，依依也不在，我又不能随便给人看我手上的戒指，我记着一脑子的甲骨文，却无用武之地。

新学期开学的第一天，我带上写好的退学申请，来到学校教务处，向老师咨询退学事宜。办公室的门开着，老师却不在，我只好坐在沙发上等待，茶几上放着一沓资料，其中有一张研究生新生名册，让我不由得灵光一闪。

我拿起名册，顺着名字一个一个念下去，我的心脏在狂跳。

杨柳依依！

这四个字让我顿时感觉天旋地转。

她和我同一个院系、同一个专业，我把名册捧在面前吻了又吻。

这个时候，老师走了进来，看见我的举动，诧异地问：“你干什么？”

我顿时呆呆地立在那里，手足无措，继而大脑寻找着一个搪塞他的理由。

老师又问：“你是哪个系、哪一级、哪个专业的？”

我只好如实说出。

“哦，刚才我们开会，学校让我通知你们专业的研究生，今年有一门课程要变动，《甲骨文语法信息学》由选修改为必修，老师换了，由国内著名的甲骨文研究专家杨教授主讲。明天开始正式上课，教室不变。”

第二天，我早早起床，一改长期的颓废状态，认真地洗脸刮胡须，想给依依一个好的印象。出门时还不忘检查左手无名指上的戒指——这已经成了我的习惯。

走在去往教室的路上，我内心在思考，我该怎么向她诉说这件事情呢？我要带她来图书馆，我们曾在那里亲切地交谈；我要给她看喷泉，我们曾在那里手牵手走进另外一个世界。依依会相信我的话吗？我不敢确定，但愿她会相信我所说的一切。如果她不相信呢？

如果她不相信，我就拉过她的左手，把那枚闪烁着乌黑光泽的戒指戴在她左手的无名指上，然后对她说："我爱你。"反正命运都已规划好路线，早晚都要跟她说上这么一句。

越早开始，越长久，就越符合我的心意。

相逢的人 会 再相逢

时间不停，
生命不止。
每个人都在既定的
道路上继续走，
继续失去。

继续走，
继续失去

{ The First and Last Love }

01

夏映冉结婚的消息是母亲告诉我的。

那天傍晚，女友正手把手教我包饺子，电话铃声猝不及防地响起，我只好放下饺子皮，举着沾满面粉的双手走到客厅，按下免提。母亲打长途电话是想探探口风，看我有没有回家过春节的意向。父母一向生活从简，只有得到我回家的消息，他们才放开手脚置办年货。年轻时父母并不这样，也许他们是真的老了。

电话里，母亲跟我东拉西扯一些琐碎的事情，我听出了她的谨小慎微，心中有些犹豫。女友邀请我去她家吃年夜饭，我虽未明确答复，她却已开始准备。今天这顿饺子就是预习，因为她觉得会做饭的男人会给未来岳父母留下好印象。

母亲问夏映冉结婚有没有通知我，我说我们已失去联系多年。母亲“哦”了一声，仿佛明白了什么似的，聊起了别的事情。其实我倒希望她能多透露一些夏映冉的消息，可她滔滔不绝地将话题扯得几光年遥远，大概她已把过去发生的事情全部淡忘。

挂了电话，我回到餐厅，坐在女友身边，观看她把面皮和肉馅在手里一挤，变成一个圆鼓鼓的饺子，她的双手和母亲的一样灵巧。

我捡起未完成的饺子，学着她的样子，用力一挤，皮却破了，馅冒了出来。

晚餐后，女友去收拾碗碟。我揉着鼓鼓囊囊的胃，点上一支烟，躺在沙发上，一动不动，大脑一片慌乱。烟抽完之后，我走到厨房，看女友洗碗。

她疑惑地看了我一眼，问："干吗？"

我又回到客厅的沙发上，开始抽第二支烟，思路清晰起来，想着夏映冉的婚事。

女友洗涮完毕，坐到我身边，擦着护手霜，仿佛有话要说。果不其然，她环上我的脖子，问："那个叫什么夏映冉的……是谁啊？"

我靠在沙发上，思考着如何回答这个问题。

"是不是你的初恋？"女友继续追问。

"不是。"

"还狡辩，看你接完电话，整个人都颓了。"女友坏笑着说，"是不是人家结婚你心酸了？旧情难忘？"

"他是男的。"

显然这个答案出乎她的意料，于是改口说："哎，您还好这口？"

"是我哥们儿。"

"你哥们儿？你也没有跟我说过他呀。"

我叹了口气，说："一言难尽，有些事情我还没有完全弄明白，等我捋清思路再跟你说吧。"

我伸手要拥抱她。

她用手推我，站起身说："那你慢慢捋吧，我回家了。"

大概是生气了，女友收拾手包打算离开，我嘱咐她"路上开慢点"的同时也知道她不会听，于是就关了门，熄了灯，睡觉。

梦到了夏映冉。

02

我已经多年没有在家乡过春节了。以前忙着上学，现在忙着工作，下班之后忙着恋爱，还要和朋友玩耍，故乡的生活渐渐离我远去，但我心底清楚地知道北京不是我的家。

我的家在一个既不贫瘠，亦不繁华的县城。那里古老宁静，虽然山清水秀，却又没有清秀到招致大片游客蜂拥而至的程度。那里地域窄仄，读中学时，我一直以为，给我一支烟的时间，我可以骑车绕城一圈。

夏映冉是我的初中同桌。他身材消瘦，皮肤白皙，头发从左侧三七开，像极了当时的一个明星，红黑相间的校服，穿在他身上非常好看。

第一次见面我就忍不住跟他打招呼。

"有没有人说你像林志颖？"

"小屁孩，少跟我套近乎！"

他的回答很不友好，但让我记忆深刻的不是脾性嚣张，而是他的声带已然变厚，这在我们看来很 Man。音乐老师觉得他沙哑又富有磁性的嗓音适合唱歌，于是指派他担任文艺委员，负责每天在课前领唱。

他站在讲台上边唱边打拍子，我坐在座位上，看着他上下滑动的喉结，心生羡慕。

现在想来，夏映冉的不友善只是自我保护。外表冷漠的人内心大都柔软，因为如果不这样，就太容易受到伤害，就好像软体动物，通常都裹着个坚硬的壳。当时我并不懂得这个道理，也不敢跟他多说话。

某天放学后，他邀请我一起去打街机，我以要按时回家为由拒绝了。

他哈哈一笑："小屁孩，你还生气呢。你一个男生，度量这么小？"

我中了激将法，立即反驳："谁度量小了，去就去。"

结果那天从游戏厅出来的时候，我发现手表丢了。那是我姨夫从香港带回来的 Swatch，价格不菲，母亲不允许我随身携带以免丢失，可我总是偷偷戴出去显摆。

如果找不回手表，我妈非打死我不可。

夏映冉得知后，拉着我一起回到学校找。教室门已锁上，他扒着后窗朝座位抽屉里张望，我才想起在游戏厅打拳皇的时候，觉得戴着手表影响发挥，就解开放在一边。

游戏厅这种是非之地，每天挤满了游手好闲的小混混，有的敲诈小孩兜里的零花钱，有的则趁玩家精神集中时，直接伸手摸兜，从不客气。

回到游戏厅，我们玩过的游戏机已经被人占领，没有找到手表，一定是被人据为己有了。

夏映冉出了个主意：我们装作观看游戏，挨个机器去找，看谁手上戴着我的手表。巡视了一圈之后，锁定了一个十七八岁的大男孩，当我去观察他的手表的时候，他心虚地看了我一眼。

夏映冉对他说："哥们儿，手表不错，在哪儿买的？"

大男孩说："关你屁事。"

我忍不住说："这是我的手表，还给我。"

大男孩说："你找死是吧？"

夏映冉问："那你意思这手表是你的？"

大男孩停下手中的动作，说："当然是我的。"

在 20 世纪 90 年代末，这个牌子的手表在小县城里尚不多见，于是我问："那你说说这块手表的牌子和型号！"

男孩瞪了我一眼，说："我管它什么型号！你想找事儿是吧？"说完揪住我的衣领，男孩比我高半头，我心生惧怕，努力从他手中挣脱。

"靠！"夏映冉骂了一句脏话，然后跳起来用胳膊勒着他的脖子，把男孩生生摔在了地上，我站在一边目光呆滞地看着他的突然袭击。

“别光站着啊，把手表解下来！”夏映冉命令我说。

“哦！”我赶紧蹲下，用膝盖压着男孩的胳膊，生生把表捋了下来。

“跑啊！赶紧跑！”

我从地上弹起来，抓着夏映冉的手往外跑。

他的手指纤细柔软。我们从游戏厅飞奔到街上。夕阳将要被楼层淹没，金黄色的余晖铺满整个街道。原来朋友是这样的感觉，我看着夏映冉洒满阳光的侧脸，心中有些感动。

脚步渐渐慢了下来，他忽然撒开我的手，问：“你是第一次打架吗？”

“嗯，刚才吓死我了。”

“你是个好学生？”

“拿了五年的奖状，算是吧。你呢？”

“只得过一张，幼儿园的时候。”

“哦。”我发现这是个不合时宜的问题，学生时代的师生和家长都很看重这种精神奖励，我想说句安慰他的话，却不知该如何开口。

“你学习这么好，干吗还来这个学校？”

我忽然愣住了，这是我心中的一个秘密。

03

小学五年级的时候，我暗恋过一个插班生，她有一个非常动听的名字：海蓝蓝。

第一次见到她，是在早读课上，班主任拍拍手，向我们介绍新同学。那时她尚未领到校服，身穿背带牛仔裤和格子衬衣。

我远远地盯着她看了很久。

也是从那天开始，我开始追踪她的身影，四处打探关于她的来路：名字是她爸爸起的，一名海军军官；她曾和父母在湛江居住，小学五年级时爸爸转业回家，她才跟着转学进了我们班；她家养了一条金毛猎犬；我知道关于她的一切，包括她母亲打毛衣时的样子，只是她不知道我知道这些。

她的声音非常动听，字正腔圆的普通话，让年少的我自惭形秽，我们经常在上学路上偶遇，我却连招呼都不敢跟她打。小升初的时候，海蓝蓝报了一所普通中学，于是我也跟着考了过来（后来才得知不止我一人这样做），母亲觉得离家近便于管控我，也没有提出太大意见。

不巧的是，我们被分到了不同的班级，不过我当时已经很知足，这比起考到两个学校半年见不了一次面已经好很多了。

我的情窦是被海蓝蓝撬开的，当时甚至疯狂地想娶她回家做老婆。年少时，关于人生的所有想象，都和海蓝蓝有关。她就如同圣斗士心目中至高无上的雅典娜女神，为了她我什么都愿意去做。如果她喜欢海军，我想我会义无反顾地报名参军；如果她喜欢有知识的人，我就好好学习去当个科学家或教授。这一切都是为了长大后能和她在一起，和海蓝蓝结婚是我少年时候的理想。

夏映冉把我这些疯狂的念头戏称为“蓝色理想”。不知道神通广大的他从哪个犄角旮旯找出一盘校园民谣磁带，上面有首歌就叫作《蓝色理想》，他学会之后就唱给我听：

把所有的心情都摊开来体会
把全部的话都说出来你听
看看还有什么让人担心
不要考虑的太多自己迷惑
可是我的蓝色理想现在哪里
我曾幻想的未来又在哪里升起
世界总是反反复复错错落落地飘去
来不及叹息
生活不是平平淡淡从从容容的东西
不能放弃

后来他觉得不过瘾，就把歌词誊抄在一张信纸上，然后手捂着在信纸背面添加了一段话。课间操的时候，他溜到二班的队列中，把信亲手交给了海蓝蓝。

我无从得知他写的到底是什么。

但是我的“蓝色理想”就此破灭。

海蓝蓝收到那封信之后，开始留意到我这个人的存在，相遇的时候会偷瞄我，却并不说话，令我尴尬得无地自容。

夏映冉的自作主张让我感到生气，我不再理他。他埋怨道："你真小心眼儿，不就是个姑娘嘛，至于吗？"

无论他怎么使用激将法，我都不予回应。

但我们依然是同桌，每天大部分时间都要一起度过，再加上彼此家离得不远，上学和放学路上不可避免地相遇，他每次都会主动和我说话，这也不能使我原谅他。

后来发生的一件事更让我无法释怀——也许我察觉得太晚了。通过那封信，夏映冉和海蓝蓝轻松相识，他们碰面的时候会打招呼，偶尔也会凑在一起密谈。起初我不相信夏映冉是那种不顾朋友横刀夺爱的人，后来随着他们往来密切，我越来越相信，那封信的署名一定是他自己，而并非替我而写。

进入中学之后，我已不再跟踪海蓝蓝，担心她发现后会告诉她爸爸，就算她不说，放狗咬我也是很恐怖的。然而，出于对他俩关系进展的强烈好奇，我又开始跟踪她。

某个夏日，我看到夏映冉放学后送海蓝蓝回家，然后跟她一起进了家门。

我找了个隐蔽的地方，一直等到天黑，他才离开。

在他走后，我颓丧地推着自行车，伤心欲绝。

04

如果不是小姨偶然间问起的一件事，我就不会得知那个天大的秘密，也就不会发生接下来的事情了。现在想来，仿佛一切都是命运在作祟。

小姨和夏映冉同住一个小区。某天我在小姨家吃饭，她冷不丁说：“现在要好好学习，可不许谈恋爱。”

当时父母不在，小姨和我说话比较直接：“早恋影响学习，将来考不上大学怎么办？”

我几乎是条件反射般反驳：“我没有早恋。”

小姨显然不信我的话：“我看见很多次了。不过你放心，我暂时不会告诉别人，你就说实话吧。”

我听得头皮发麻，脑海里浮现出海蓝蓝的身影，不由得脸红心跳，说：“我没有谈，我只是……”

小姨咬着筷子，说：“别编了。我有点不理解，你怎么会看上夏映冉呢？”

我心里一顿，惊诧地说：“夏映冉？”

小姨说：“我以前碰见你们俩很多次，手拉着手。”

当我明白小姨说的不是海蓝蓝，内心刚要释然，却又紧张起来：“男孩不能手拉手吗？”

“男孩勾肩搭背谁去管你！”说完小姨顿悟我的情形，眼睛瞪得老大，“你该不是把夏映冉当成男孩了吧？”

“啊？你的意思是他不是……”

“你不知道吗？她是个假小子！”

这个消息比得知夏映冉和海蓝蓝恋爱更让我震惊：“我的天，这怎么可能？”

“你从小到大见我骗过谁？”小姨略微沉思后又说，“除了帮你骗你爸妈。”

我挠挠头，不好意思地问：“我怎么都不记得了？”

“别打岔，现在我只问你一句话，你是不是在和夏映冉恋爱？”

“绝对没有。”

“你发誓。”

“我发誓。”

小姨舒了一口气，说：“还好你没有，我还纳闷儿呢，你怎么眼光这么差。”

“我眼光怎么差了，我……”我忽然意识到小姨是在套我话，于是立即改口，“我当然没有姨夫的眼光好了！”

“你少来。赶紧吃饭！”

虽然小姨不再追问早恋的事儿，但是我的好奇心顿起，夏映冉那么凶悍的一个人，怎么可能是女孩呢？

经不住我的软磨硬泡，小姨把夏映冉的家事悉数抖搂出来：夏父性格粗暴，大男子主义，婚后他一直想要儿子，却有了夏映冉这么一个女儿。夏母是公职人员，必须遵守国家独生子女政策，生育后就做了结扎手术，夏父的希望就此破灭，因此迁怒于夏母，经常因芝麻绿豆大的事情大打出手。夏映冉一直被父亲像个男孩那样教育，父亲的家庭暴力让她怀恨在心，想要保护母亲，却因年少有心无力。因此为了讨父亲的欢心，夏映冉把自己打扮成男孩的样子，缓和家庭的紧张气氛。后来父亲有了情人，整月不回家，夏映冉和母亲相依为命。读小学的时候，夏母想改变她的形象，给她买女孩的漂亮衣服，她却连看都不看，宁可天天穿校服。夏母拗不过她，就随她去，她就成了一个彻头彻尾的男生，后来慢慢长出了喉结，声带也变了，连老师都不知道她其实是个女孩。

听完小姨的讲述，我才想起一些细节，比如，我从未和“他”一同去过男厕所，“他”还喜欢嘲笑我不像男生，并且以自己纯爷们儿的行为感到自豪。

得知夏映冉的身世之后，我的脑海里忽然诞生了一个想法，如果海蓝蓝得知夏映冉是女孩，还会跟她继续交往吗？

我激动得浑身战栗，如同一个得志的小人。

我想到了一个非常阴险的主意。

05

我写了封信给海蓝蓝，让她去仔细观察，夏映冉其实是个女孩，这样她就会看清“他”的真面目——一个欺骗女生感情的假小子。

也许因为太在乎海蓝蓝，也许因为是第一次干这种阴险勾当，我面对海蓝蓝的时候，身体有点不听使唤，声音也很不自然。

我故意在自行车棚里磨蹭，当她走过我身旁，我叫了一声："海蓝蓝！"

她没有想到我会突然跟她说话，惊慌地问："是你叫我吗？"

"别人托我转交一封信给你。"我把信递给她。

她接过信之后脸颊忽然红了，说："谁写的？"

我只想让她知道事实，信中没有署名。没想到她会提出这个问题，所以紧张地说："你看了就知道了！"

然后再见都没说，跨上自行车飞奔逃离。

海蓝蓝看完信会是什么表情，我无法得知。自此之后，她确实疏远了夏映冉。我不知是该高兴还是悲伤，起初我只想拆散她们，没想过她们分开之后我该怎么办，是去追海蓝蓝，还是就这样算了。

夏映冉尚且不知道是我拆穿了她的身份，见面依然会打招呼，我心虚地小心应和。

后来，夏映冉得知是我告密，路遇我时怒目而视，不再同我说任何话。她开始和游戏厅认识的小混混们一起玩。

她学会了抽烟，最后发展到和小混混们三五成群地到学校附近晃悠，还敲诈低年级小男生的钱。

虽然她没有打过我的主意，但我在内心狠狠地鄙视她。人在年少时都太过自我，喜欢把所有过错都归咎于别人，而没有意识到自己的问题：如果不是我，她也许不会成为现在这样。

那天放学，我看到校外胡同里有一群人欺负一个外班的同学。不明白这个木讷的男生究竟犯了什么错，夏映冉站在欺负者之列，命令男孩跪在地上唱《征服》。

男孩扯着哭腔唱歌，我在一旁看着，觉得难过。

男孩唱完《征服》之后，他们放他回家，并且叮嘱他从家里偷钱上缴保护费，男孩唯唯诺诺地点头答应。

他们就这么走了。

我不知被触动了哪根神经，大喊一声：“夏映冉！”

他们一起回头看我。

夏映冉走了过来，问：“干什么？”

我撕心裂肺地大喊：“你别忘了你是个女孩！”

夏映冉骂道：“你放屁！”

“你不要再装下去了！”

“我的事情不用你管！”她转身搂着他们的肩膀准备离开。

我不知道自己大脑到底在想些什么，大喊一声：“你小心点！”

“小心什么？你不服？过来咱单挑！”夏映冉挑衅地看着我。

我一时失语，不知道什么话最能伤人，想了两秒后脱口而出：“当心别怀孕了你！”

夏映冉顿时火冒三丈，冲过来扇了我一巴掌，把我绊倒在地，骑在我身上抓着我的衣领。其他人过来帮她一起揍我，夏映冉起身制止了他们，说："这是我的私事儿，不用你们管。"

我从地上爬起来，拍拍身上的尘土。

夏映冉冷冷地说："你走吧。"

我揉着被打青的眼角，站在原地没动。

"你还想打，是吗？"

我依然没有动，只是狠狠地看着她。

"我家的事情，你敢跟别人说，小心我捅死你！"

她从裤兜里掏出一把刀，指了指我，说："这次放过你，滚！"

那群人和她一起远去了。

06

初中二年级，我们重新分了班，夏映冉和我被分到了不同班级。惊喜的是，我和海蓝蓝终于百年修得同班读。班主任是我们的语文老师，让我和海蓝蓝一起搭档负责做板报，她画图，我写字，我们成了朋友。

初中三年级，夏映冉因为打架被学校开除了，她还是经常来学校欺负低年级同学，偶尔也会遇到海蓝蓝，她们仿佛已经和好如初。

夏映冉却从不跟我说话。

海蓝蓝闲聊中无意透露，她和夏映冉只是一般朋友。我在思考她为什么会跟我解释，难道她在乎我的看法？

初三上学期考试后，我们学校举办了中学生交谊舞比赛，海蓝蓝和我是参赛选手，作为舞伴，我们可以当着任何人的面手牵手。

比赛开始前，她在后台紧张得手足无措，我用力握住她微微汗湿的手，轻抚她的后背，让她深呼吸放松身体。

大概是从那天起，我们之间的感觉渐渐变得不像普通朋友，却也不像早恋的情侣那样扭扭捏捏。恐怕是我们早已经历羞涩得难以开口的阶段，所以如今变得无话不谈。

在父母上班的时候，我们跟随对方回家去玩。

海蓝蓝是个性格开朗藏不住秘密的女孩，她甚至拿出收到的情书给我看，我在心酸的同时努力从中挑错别字。当她拿出夏映冉写的那封信的时候，我忍住真相大白的激动，慢慢打开信纸。正面是《蓝色理想》的歌词，背面是那段我未曾谋面却迫切想知道的文字：

我爱你
可是我不敢说
我怕说了
我马上就会死去
我不怕死
我怕我死了
再没有人像我一样爱你

夏映冉抄了一首当时很流行的烂俗爱情诗，我读的时候忍不住想笑，看到落款是我的名字，却又感动得想落泪。

海蓝蓝依偎着我的肩膀，我紧拥着她，想起从书上看到的那句话：人生的意义不在于呼吸了多少次，而在于那些激动得无法呼吸的时刻。

海蓝蓝轻声问："夏映冉有次跟我说，你有一个蓝色理想，那是什么？"

我温柔地抱着她，说："蓝色理想就是你，海蓝蓝，你就是我的蓝色理想。"

她眼中闪烁着动人亮光，我侧头轻吻她的嘴唇，那柔软湿润的触感我大概一生都不会忘记。

海蓝蓝成了我初恋。

我想我应该感激夏映冉。

从这件事情中我明白了一个道理，人总在不断改变，曾经认为错的事情，也许有一天会变得正确，只是身在其中的人固守自以为是的坚持。

初中毕业之后我和海蓝蓝升入不同的高中，我们之间发生了很多其他的事，但是如今看来，这些都没有夏映冉的遭遇那么值得重述。

某个周六的晚上，父亲去参加同事的酒局，母亲和我一同在小姨家蹭饭。晚餐结束后，她们支起麻将桌，我看了会儿电视之后就被母亲催着回去睡觉。

走到胡同口，我看见了一个黑影。

是夏映冉。

她蹲在墙角啜泣。

我犹豫了半分钟，还是走过去拍了拍她。

她看到是我，把头埋得更低。

我碰碰她的胳膊，问：“你怎么了？”

她没有回答。

“跟人打架了？”

她仍不理我。

“你到底怎么了？”

她越不说话，越让我觉得事情严重，我蹲在她的身旁说：“如果你当我是朋友的话，就跟我说句话好不好？”

她擦了擦眼泪，说：“看我这样，你是不是特开心？”

“不是。”

虽然很久之前对她有过不满，但是后来海蓝蓝成了我的女朋友，我还是对她心存感激，于是我握了握她的手臂说：“我们还是朋友，对吧？”

她没有说话。

“如果你把我当朋友，就不要这样固执。这么晚了，你总不至于在这儿坐一夜吧？你是没有地方去了吗？到底发生了什么？”

她不再哭泣，红肿着眼睛看着我说：“不要问了。求你了。”

“好，我不问。你是不能回家了吗？”

“我再也不想回去了。”

看样子是跟父母怄气了，我犹豫地问：“那……要不……你先去我家住一晚？”说完我自己都心虚，真不敢想象我那严厉的母亲知道我带女孩子回家住会采取什么方式教育我。可作为朋友，我也只能这样帮她，于是把她搀扶起来，说：“有什么事情明天再解决，跟我回家。”

我生拉硬拽把她弄到了我家，还好家人都还没回来。我找出一套牙具递给她，在她洗漱的时间里，我把客卧室的床铺好，待她梳洗完毕之后，就让她进去休息了。

我关灯的时候，她说：“别告诉任何人。”

“放心吧。”

第二天母亲叫我起床，问我是不是有人在家留宿，我看瞒不过去，就点了点头，母亲一反常态地没有骂我，只问明白了是谁之后，就去准备早餐了。

夏映冉还没有起床，可能是太累了，母亲把早餐送过去，叮嘱她多吃点，还说了很多安慰她的话。看着母亲比对我更甚地善待她，我完全不懂这是为什么。

夏映冉吃完之后把餐具送了出来，母亲接过之后去了厨房，然后让我们待在屋里玩游戏，哪儿也不要去。于是我拿出游戏机连好电视，让她挑喜欢的游戏盘。

夏映冉梳洗之后已不像昨晚那样狼狈，她坐在沙发上挨着我，轻声说："你妈妈对你真好。"

"平时不是这样的。"我低声说，"有可能是昨晚打麻将赢钱了！"

我的想法太天真了。

在我和夏映冉投入地打"拳皇"的时候，家里来了几个人，一个是夏映冉的父亲，一个是她的母亲，还有她的邻居——我的小姨。

夏映冉看见他们，扔下手柄打算逃跑，被她父亲一把抓住，按在沙发上，用绳子绑住双手。我吃惊地看着他们，母亲跟夏映冉的母亲在低声说着什么，其间瞟了夏映冉一眼，目光中既有怜悯又有冷漠。

"你们这是干什么？"我问母亲。

小姨走过来搂住我的肩膀，说："乖，这不关你的事。"

夏映冉挣扎着大喊："放开我！快放开我！"

他父亲用手臂紧紧勒着她脖子，把她往门外拖。她双腿乱踢，却挣脱不了父亲强壮有力的手臂，最后她不再挣扎，低头狠狠地咬了父亲手臂一口。

他父亲扔开她，甩开大手扇了她几个耳光，夏映冉晕了过去，白皙的脸庞显现红肿的指痕。

"你们！你们……"我看着她被侵犯的样子，泪水夺眶而出。

夏映冉的父亲把她扛在肩上，苏醒过来的夏映冉撕心裂肺地呼喊着："我不要回家……我不想回家……我要杀了你们……"

母亲锁上了门。

07

后来我才了解到，夏映冉为了让父亲回心转意，用刀捅伤了父亲的情人，那个女人被送到医院抢救了四天才苏醒。我遇到她的时候，夏映冉正准备离家出走，却苦于身无分文。

一定是母亲把事情说出去的，还有我的小姨。

可是我又能怎样责怪她们呢？大人从不承认自己的错误，他们自私且自利，像古代的暴君一样，顺我者昌，逆我者亡。

之后发生的事情越来越证明了他们的昏庸与残忍。

夏映冉的父母为了让她早日变成他们希望的样子——从一个野小子变成淑女，软禁了她。

在这样一个小县城里，法律还没有大于人情，更何况清官难断家务事。这种非法囚禁一直持续到夏映冉向他们妥协，答应做一个女生。

夏映冉被送到医学院学了三年的护理，毕业后去了医院，穿上了粉色护士装。从此，再也没有离开过这个县城。

这个春节我又见到夏映冉，在她的婚礼上。

她像所有新娘那样穿着漂亮的婚纱，头发盘起，黛眉，浓妆。手挽大她七岁的外科医生丈夫，面带微笑和恰如其分的红晕穿梭于宴席之中，向到来的宾客敬酒。她头发花白的父亲端坐在正席上，满脸皱纹的他苍老得已经看不出当年的浑蛋模样。

亲戚朋友为她的婚姻生活举杯祝福——他们以为那会是幸福的。她微笑着向他们一一答谢，不知道为什么，看着她那灿烂的笑颜，我内心异常难过。

终于，我再也坐不下去，提前退席，出了酒店。我为自己点上一支烟，在弥漫着鞭炮味道的街上漫无目地的走着，直到脸上的泪水被寒风吹干。

年假结束后我回到北京，女友又找了新的男友，就像从来没有打算和我过一辈子那般，把我完全抛在了脑后。我继续漂泊，不知道哪天才可以过上安稳的日子。

之后的每个假期我都迫不及待地返乡，我越来越怀念年轻时候的过往。也许是我想错了，这个县城并不小，我在这里走街串巷，却再也没有遇见夏映冉，就像她从世界上消失了一样——也许是她已经彻底改变，不复当年模样。

是不是每个少年长大后，都会变成另一个人？

我不敢深想，我担心这会是个不折不扣的事实，因为想象中长大成人的我，一定不是像无根的浮萍一样，过着如此漂泊的生活。可是，时间不停，生命不止。每个人都在既定的道路上继续走，继续失去。

直到某天丧失所有，变成另外一个人，陌生得如同茫茫人海中擦肩而过的路人，消失在人群之中，再也找不回来。

我本来也想等命运安排，
但是后来发现，
等是没用的，
很可能等着等着就错过了。
丘比特不眷顾我，
就自己行动起来，
做自己的丘比特。

我们都是
自己的丘比特

{ The First and Last Love }

01

梁晨没谈过恋爱，每天想着的都是些偶遇场景。那些画面一直是昏黄的，如同老旧的文艺电影，他就是男主人公，冷峻或落寞地走在大街上，就会有心仪的女孩迎面走来，冲他会心一笑。他认为那就是理想中的爱情，只可惜，幻想终归是幻想，并未在现实中上演。尽管如此，他仍旧每日坚持着，等待某天，被丘比特选中。

情人节这天中午，梁晨在他无数次走过的路口，看到一个心动的背影。女孩系条深咖色围巾，手拎明黄色牛津包，上身穿驼色大衣，下摆盖住了法兰绒格子裙，裙摆里是亮粉色连裤袜，脚蹬漆皮马丁鞋。尽管阳光明媚，以她这身装束行走在积雪尚未消融的街头，也暖和不到哪儿去。

男人的劣根是，遇到心动的背影，就一定想去看看前面是否也符合心意。在还没见到正脸以前，梁晨的脑子里已经开始勾画约她共进情人节晚餐的宏伟蓝图。他以行人为掩护，不紧不慢地跟在她身后，心里盘算着先走到她身边，用眼睛余光观察，待时机成熟再超过她，用一个不经意的回首看她的正脸，哪怕失望也在所不惜。

他小心翼翼地挪动步子，距离在渐渐缩短，三米，两米，一米，终于可以并肩同行了。他用余光瞟了过去，又迅速收了回来。这次毫无结果，女孩的鬈发和围巾挡住了他的视线。他不甘心，迈开步子超过她，选择好角度忽然回头，真相大白后，梁晨要崩溃了——光天化日的，戴什么口罩?

女孩口罩上的大嘴猴正咧着大嘴嘲笑他，仿佛在说：没得逞吧笨蛋?

笨蛋犹豫着，是要继续跟下去，还是干脆放弃?是美女的话，何必把脸遮住?刚才光顾着遗憾了，忘了看她的眼睛，都说眼睛是心灵的窗户，他很想知道她的窗户是否明亮。在他思考的那几秒里，女孩超过了他，在路口右拐。谁说大脑是肢体的主导来着?梁晨很想反驳，在这关键时刻，大脑还没下达指令，他的双腿已经跟过去了。

他抄了条捷径，沿着街角右转，再次走到了女孩的前面，靠直觉保持五米间距。他从兜里摸出手机，放在耳边装作接电话，眼睛若无其事地张望，在女孩面前停了两秒。这次有了收获，至少看到了她那双爱笑的眼睛。至于为什么是爱笑的眼睛，而不是爱哭的眼睛，他也说不出所以然来。笑容需要三个部位互相印证：脸蛋、嘴和眼睛。脸蛋和嘴他都无缘见到，也许正是她那双弯弯的眼睛，给他留下了爱笑的印象。

想到笑，梁晨紧张了。一个人走路是没必要微笑的，难道她发现了自己被跟踪，明白他的心思，因此嘲笑？他不敢再回首确认，这条路线显然已经偏离了他原本要去的地方，不过，前面有家他常去的银行，心虚的他为了证明自己没有跟踪，就撇下口罩女孩，径直走到银行旁边的 ATM 厅，刷卡进去，加入取钱的队伍。

接下来发生的一幕让他心惊肉跳——那个女孩竟然跟了进来，排在了他的身后。距离不到半米，他心情紧张、兴奋又绝望，怕稍有不慎，前期做的所有掩饰工作都白费了。他们排的是个自动存取款柜员机，队伍缩进缓慢。他想着只有取完钱回身，才能光明正大地看她一眼。心情平息后，他竟有点期盼那双爱笑的眼睛。可这个念头仿佛被女孩猜中了，她转身去了银行大厅。梁晨的目光跟在她身后，女孩拿号时，朝这边看了一眼，眼神在空中相遇，梁晨赶紧移开了目光，假装专心致志地排队。

等了老半天，眼前的长队也不见少人。平时遇到这种情况他早就不耐烦了，直接去里面的 VIP 柜台找展威。展威是梁晨的大学好友，毕业后在这家银行工作，先是进了人事部，现在已荣升为客户经理，去年利用职务之便，帮梁晨升级成为金卡。不过，此刻的梁晨因心中有期待，就算排队，也不觉得有多漫长。

02

梁晨的目光再次投射过去，心情忽然万分激动。女孩坐在椅子上，摘掉口罩，从包里翻出 iPod shuffle 塞上耳机听音乐。梁晨的心瞬间松软了。

女孩除了爱笑的眼睛外，还有白皙的脖颈和好看的下巴。五官虽未美到让人惊叹的地步，却有让人安宁的力量。不知为何，当想要了解的一切完全呈现，梁晨的心情反而平静下来。

梁晨拨通展威的电话，说：“老子终于遇到了一个心仪的女孩。”梁晨把追踪历程简要讲述，告诉他此刻女孩就在他上班的银行大厅里。展威在 VIP 厅的门口向外探了一眼，目光和梁晨对上，电话里传出来的声音是“不错不错”。有好朋友鼓励，梁晨心里又多了一份信心。

此时正值银行高峰，大厅里坐满了各种忙人。广播里说，为了节约等待时间，VIP 柜台也同时向普通客户开放，里外两个营业厅同时办理业务。此刻梁晨的心完全被女孩占领了，装不下任何事，也懒得管它是普通客户还是 VIP。人们习惯在等号时找点事情做，商务人士趁机打电话联系业务，年轻学生拿出 PSP 玩游戏，知识分子把报纸翻得哗哗响，大厅里一片嘈杂。

女孩无疑是人群中最特别的存在，她一直塞着耳机闭着眼睛听音乐，听完一首，她就睁开眼看看屏幕号码，没轮到她，就继续闭上眼睛享受音乐时光。

梁晨被她身上某种恬淡的气质影响了，连共进晚餐的想法也消失了，只想心平气和地看着她。看着她就像看着一片宁静的湖水，一片碧绿的田野，一朵柔软的白云，或一丝明媚的阳光。不想去打扰，不想去占有，不想以后还能不能遇到她，只是这样远远地看着就已经足够，时光流逝一秒，幸福就多了一秒。

有些心急的人等不着叫号就走了，喇叭空喊了几遍，再跳到下一个。过了一会儿，女孩睁开眼睛，抬头看屏幕时皱了皱眉。

她摘掉耳机，问旁边那位刺十字绣的阿姨："2249号过了吗？"阿姨忙着手里活儿，头也不抬地说："刚刚叫了半天，你没有听到吗？"女孩脸红了，说："我光顾着听音乐了，没听见。"阿姨停下手，教育她："姑娘，看你年纪也不小了，干什么事要专心，等号就等号，一心两用能行吗？"女孩想辩解几句，正好跳到阿姨的号，她把半成品十字绣装进手提袋，拍拍屁股走了。

女孩走到一个刚办完手续的窗口，询问为什么跳过了自己的号。玻璃里面是个四十多岁的中年男人，操着一口京片子质问她："叫号儿叫了好几遍，你人到哪儿去了？"声音通过喇叭传出来格外刺耳。女孩说："我一直在这儿等着呢。"京片子问："那你怎么没听着呢？"女孩解释了一遍。京片子说："你塞着耳机没听到可不能怪别人，我们也没法儿帮你弄，号儿过了就去重新排一遍。"女孩说："我赶时间，能不能通融下，况且刚才屏幕上也没出现2249。"京片子说："你没听广播吗？里外两种柜台同时办理，你那个号在VIP厅，去重新排号吧，谁让你那么不操心。"女孩咬咬嘴唇，委屈的泪水滚出眼眶。京片子说："哟嘿，哭有用吗？你也别这儿磨叽了，净耽误事儿，下一位！”

这些人的冷漠让梁晨心中无比气愤，他把号码纸揉成一团，走到京片子柜台前，敲敲玻璃，对着话筒问：“你工号是多少？”京片子警觉地问：“你想干吗？”梁晨说：“不干吗，就是看不惯你这种态度恶劣的营业员。”京片子捂住衣服上的胸牌嚷嚷：“你以为你谁啊，多管闲事儿，我这儿还要营业，没工夫跟你掰扯。”梁晨冷笑：“我也不想耽误大家时间，但实在是忍不了你，一大男人说话跟太监似的，还欺负小女孩，你看她都哭了，变态！”说完梁晨在服务态度评价器上连按了四个不满意，不由分说拉着女孩的手臂，走了出去。

03

女孩脚步踉跄地跟在他身后，一直到街边才停下来。她红着脸小声说：“放开我的手。”他看到自己还抓着她的手腕，赶紧松开，尴尬地笑。女孩表情复杂地说：“你……”

梁晨截住她的话：“你不用感激，我就是受不了那么大岁数了还娘娘腔。”

女孩语无伦次了：“不，我不是要谢你。不，我是……我本来挺感激的，哎呀，一被你打断，我都不知道我要说什么了。”

梁晨挠挠头看着她的嘴唇：“没关系，我不着急，你慢慢说。”

女孩叹了口气：“好吧，先谢谢你，可是，你没必要骂他啊，虽然帮我出了气，但我有很重要的事情还没有办完，现在去重新排号肯定来不及了。”

梁晨没想到自己好心好意却帮了个倒忙，问：“你是要取钱还是……”

“姐姐今天有事，托我来帮她打一笔货款，中午十二点前务必到账，这可怎么办？”

梁晨看了下表，还有不足二十分钟，问她：“要不，去自动存款机？”

女孩焦急地说：“钱有点多，肯定来不及了。”

梁晨追问：“多少？两台机器一起存，可能还来得及。”

女孩拍拍牛津包：“挺多的，都在这里。”

梁晨想她确实很单纯，笑着问：“你带这么多现金，还敢让我这个陌生人知道，你不怕我把你包抢走吗？”

女孩莞尔一笑：“看你就不像好人，不过，光天化日之下，谅你也不敢。”

梁晨看着她认真地说：“那可不一定，不过，坏人也有做好事的时候。”

梁晨打电话给展威，把事情简要说了说。展威让他们直接到VIP厅，他安排一个柜台办理。挂上电话，梁晨松了口气，在中国，无论是什么行业，有熟人就是好办事。

两人进了VIP小厅，填完单据，几捆钞票在机器里过了两遍，钱就顺利地存上了。展威冲梁晨挤了挤眼，那意思大概是：好嘛，你小子英雄救美，让老子帮你兜着。

梁晨怕被女孩发现有蹊跷，跟展威挤挤眼，拉着她起身离开。路过大厅，女孩还冲着京片子努了努嘴表达不满。京片子正跟客户尖声尖气说话，没看到她。出了银行，两人再次四目相对，梁晨想，作为男士，是不是应该主动留个电话或发出邀请？是的。他心里回答着，就是不知道怎么开口，老师也没教过。女孩没想那么多，直接问："还不知道你叫什么名字呢，雷锋？"

"啊？"梁晨笑了，"跟雷锋可不能比，他做了好事不留名，我得留。你好，我叫梁晨。"

女孩眼睛弯弯地笑了，伸出手，"你好，我叫林素荟。今天幸亏有你帮忙，否则我真不知道怎么跟姐姐交代了。"

梁晨握了握她柔若无骨的手，说："这样吧，已经十二点半了，我有点饿。请你吃顿午餐，然后各忙各的，怎么样？"

女孩看了看手表，犹豫着说："实在抱歉，我这会儿还要去上班，要不你给我留个电话。"

梁晨心想今天周末，她还说要去上班，明显是对他没兴趣。他的心仿佛从热带跳到了南极，满脸沮丧地说："既然你有事，我就不打扰了，电话就不用留了，有缘的话会再见面。"

林素荟看他满眼失望地离开，心有不忍，小声问："要不，你到我上班的地方吃午餐吧？"

"你上班的地方？"梁晨略有迟疑地问，"方便吗？"

“我在‘靛蓝’上班，店是姐姐开的，离这儿不远。”

“靛蓝”是学校附近一家提供中西餐的咖啡馆，他是那里的常客，闲暇时窝在那儿吃饭聊天看球赛。考研前需要熬夜奋战，学校自习室关门太早，他就挪到了“靛蓝”，每天两杯拿铁撑到打烊，再钻窗户回宿舍睡觉。梁晨见过那个热情的美女老板，可他怎么也想不到，她还有这么位漂亮妹妹。

梁晨问她什么时候开始在咖啡馆上班的，他怎么没见过。林素荟解释她不算正式员工，没课时才过去帮忙，基本都在后面煮咖啡，见不到也很正常。今年她念大三，课非常多，周末过来看店。

去“靛蓝”的路上，梁晨说起了他考研前那段难熬的日子，窝在咖啡馆复习，每天早上起床第一件事就是掰着指头算算距离全国统考还有多少天。不过，虽然当时很辛苦，现在回想起来像是上辈子的事，温暖而久远。

林素荟听得入神，忽然双眼放光地问：“你是不是每次都点两大杯拿铁？”

梁晨笑道：“你怎么知道？”

“哈哈。”林素荟笑容灿烂，“两年前我刚读大一，军训完学校课不多，姐姐就教我煮咖啡，一直到寒假从早到晚都待在后厨。我记得那时候每天都有人点两大杯拿铁，还要加双份的糖和奶。”

“你是说……”梁晨停住脚步望着她。

“拿铁是我煮的！”

04

咖啡馆位于临街二楼。

姐姐还没回来，林素荟为梁晨选了个靠窗的位置，让他喜欢吃什么随便点，自己去换工作服。梁晨要了常吃的黑椒牛排套餐、奶油蘑菇汤、大杯拿铁。合上菜单，他想所谓的缘分，说的是不是人与人相识的概率？展威告诉他统计数据：人一生平均会遇到 2920 万人。梁晨想，整个北京才不过 3000 万人，这个数字说明了一个问题：人与人的相遇充满了各种偶然。偶然又是巧合的制造者，有了太多的巧合，生活才会显得万分狗血。

梁晨一边等餐，一边分析他和林素荟的相遇到底是巧合还是缘分。没来得及想出个结果，林素荟就把罩着盖子的牛排送到了他面前。梁晨瞪大了眼睛——那身司空见惯的员工服，穿在她身上别有风情：折帽，袖套，再加上乳白色围裙，透着说不出的妩媚。

梁晨抻开餐布，林素荟掀开了盖子，铁板上的牛排嗞嗞冒着热气，鲜嫩的肉汁四溅。林素荟像合格服务生那样鞠躬，说："先生，您的七成熟牛排，请慢慢享用。"

梁晨看美女耍宝，觉得她可爱非凡，笑问："我看你口水都快流出来了，饿了吧？要不坐下一起享用？"

林素荟笑道："先生，工作时间，我们是不可以跟客人一起用餐的。"

梁晨知道她是故意这样说，就把餐布铺在腿上，和她继续往下贫："这牛排好香啊，如果客人强烈要求跟你一起用餐呢？"

林素荟咬着嘴唇想了想，说："您可以等到晚上十一点下班来接我。"

梁晨拿起刀叉："那下了班可就没有美味的牛排啦。"

林素荟得意地笑："牛排是我亲手煎的，想吃什么时候都有哦。"

梁晨切了一小块放在嘴里，心想怪不得有人说男人是视觉动物，一听是出自美女之手，牛肉的味道都比平时鲜美。

林素荟忽然惊道："啊，我差点忘了，汤还在锅里煮着呢。"说完噔噔噔跑后厨去了。

两分钟后，林素荟把汤碗轻轻放在桌子上，像做错事情的小孩似的睁着无辜的大眼睛："先生，您尝尝，汤是不是煮煳了？"

梁晨尝了一勺："挺好的啊。"

林素荟舒口气："以前就怕做汤，火候不好掌握，刚才担心煮过头了，打算再去重做呢。"

梁晨笑道："奶油蘑菇汤居然让你这个天才厨娘煮出了咖啡的味道，我很想知道，一会儿上来的咖啡会是什么味道？"

林素荟拿过勺子尝了尝："明明就是煳了嘛。"

餐上齐后，林素荟便去帮服务员收拾空桌上的碗碟。梁晨吃着美味的牛排，看她像只辛勤的小蜜蜂般飞来飞去，忽然有种想把她娶回家做老婆的冲动。爱情真的是种很奇怪的东西，你曾苦苦期盼与它相遇，它绕着你走。当你心灰意冷，不抱希望，打算浑浑噩噩度日，它又忽然坠落在你面前。

两个小时前，梁晨还不知道世界上会有林素荟这么个符合他心意的女孩存在。尽管他喝过她煮的咖啡，尽管她生活在他的周围。两个小时后，他们相遇、相识，相处惬意。爱情来得太突然，像夏日午后一场劈头盖脸的暴雨，让他措手不及。

情人节这天餐厅生意兴旺。两个服务生忙不过来，纵然加上林素荟，三人也手忙脚乱。用完餐，梁晨便动手帮忙。林素荟起初过意不去推辞了几句，梁晨怕她太累执意帮她，说："你忙完了可以教我煮咖啡作为补偿。"林素荟终于不再推辞，望向他的眼神都变得温柔起来。忙到四点钟姐姐回来，俩人正在专心致志地煮咖啡。她看着他俩，仿佛明白了点什么，惊讶又欣慰。林素荟把存款的单据交给姐姐，和她耳语几句，姐姐往她兜里塞了个什么东西，林素荟忽然回过头看梁晨一眼，脸颊羞红。

姐姐过去跟梁晨打了个招呼，说了几句感谢的话，让俩人找个位置坐下休息。

梁晨坐下来后，好奇地追问："刚你姐跟你说了什么？你看我一眼。"

林素荟脸又红了："姐姐说你看起来不像好人，让我和你保持距离。"

梁晨笑道："别骗我了，你根本不会撒谎，脸都红了。"

林素苓轻咬下唇，“我就不告诉你，你自己猜吧。”说完递给他两张票。

梁晨接过来看着票：“这还用猜吗？你姐姐看你忙了一天很辛苦，想犒劳你，让你去看话剧。哦，她出手可真大方，六百八十块的情侣套票，她是想让你和男友一起去看情人节专场吧？”

林素苓吞吞吐吐：“问题是，我还没有男友呢。”

梁晨又惊又喜，反问：“像你这样温柔诚实又可爱的姑娘，大三了还没有男友？真是暴殄天物。”

林素苓叹了口气，低声说：“我倒是想找来着，姐姐不让。她说男生没几个好东西，大一大二时，追我的男生都被她卡下了，到大三忽然就没人追了。大四的学长早被学姐霸占，学弟又都被学妹看着呢，所以我就一直单身，现在姐姐倒是比我还着急了。我都没想到她今天会拿两张话剧票给我。”

梁晨思前想后，顿时有点口吃：“难道……是……是便宜我了？哦，我的意思是票便宜我了，而不是说你。”

林素苓笑着点点头，端起杯子喝了口奶茶，掩饰自己的羞怯。

梁晨明白她脸红的原因是票上的“情侣”二字，便替她解围：“听说《恋爱的犀牛》是‘永远的爱情圣经’，你姐是怕你找不到男友，让你去学习学习。”

林素苓差点笑喷，说：“我姐姐的原话是，看那个傻小子就没谈过女朋友，给他个机会陪你一起学习学习，免得他被哪个坏女孩给骗了。”

05

剧场门口。

来看话剧的都是年轻人，确切地说，都是成双成对的情侣。很明显，这场演出，这个节日，甚至所有在国内引起年轻人追捧的西方节日，都是为情侣准备的。梁晨和林素荟站在他们中间，看上去像是众多情侣中的一对，恐怕只有他们自己才知道结伴来看话剧是多么机缘巧合——有点滥竽充数的感觉。不过，梁晨不是充数的，他很喜欢她，已经把这次单独相处当成了约会，努力在她面前呈现出一个更加美好的自己，内心希望在今天散场之后、告别之前，她能喜欢上他。至于林素荟对他是什么感觉，他丝毫不知，当他望向她的时候，她总是报以浅浅的微笑。这笑容在他看来，既亲切，又疏远。他无从了解林素荟那微笑之后的羞涩是否就代表着喜欢。他只敢肯定：至少她不讨厌他。

有个小男孩顺着人群兜售鲜花。他心里有点矛盾，想送林素荟一束玫瑰，只不过还没想好用怎样的方式表白，贸然送她一束代表爱情的鲜花，对方若是拒绝的话，定会使双方陷入尴尬。梁晨心里祈祷小男孩的鲜花，在走到他之前赶紧卖光。

他的祈祷显然没有起任何作用，小男孩终于抱着一大束玫瑰走了过来，用乞求的语气对梁晨说："哥哥，给女朋友买束花吧？"

梁晨推却道："我……送，不大好吧？她不是我的女朋友啊，现在还不是呢。”

男孩不依不饶地继续缠着他说：“你们看起来就像是情侣一样呀，这位漂亮姐姐站在你身边，身高、气质啊都很般配，为什么不是你女朋友呢？”

梁晨心想这小孩太会说话了，嘴上跟他瞎扯：“因为我们才刚刚认识啊，哥哥还没来得及表白呢。”

林素荅的脸又红了，小男孩故意凑过去瞧着她，对梁晨说：“看姐姐脸红了，说明姐姐心里也喜欢哥哥，就等着哥哥去表白呢，买束玫瑰吧！”

梁晨不由得看向林素荅，她避开了他的眼神，俯身捏着小男孩的脸说：“小朋友，你可不许乱说哦。”

小男孩向梁晨挤挤眼，说：“姐姐这么好看，你要是不抓紧时间的话，可要被别人抢走了哦。买十一朵吧，代表一心一意。”

梁晨被他说动了，伸手掏钱包。这时人群忽然一阵骚动——开始检票了。林素荅拽拽梁晨示意离开，临走前抚摩了一下小男孩的头发，“小朋友，我们要进去了，下次见面一定买你的花。”

小男孩扁扁嘴，看着梁晨满脸失望。

《恋爱的犀牛》情节紧凑台词煽情，梁晨看得过于痴迷，整场演出下来都忘记了表白这码事，等出了剧院心情平复下来才猛然发觉自己错过了什么，这个什么类似于表白或者比表白再含蓄一些的暧昧话语，哪怕是不经意间地碰一下女孩的手。他在心里狠拍了一下自己的脑袋，又扭头看了一眼也刚刚出戏的林素荟，想着还好还有机会。

两人出剧场时，音乐响起，若隐若现。是首耳熟能详的歌，对，王若琳的，梁晨跟着音乐哼了几句：“Say we’re together baby，you and me... 我还挺喜欢这首歌的，一时想不起来名字了。”

林素荟仔细辨认了一会儿，说：“*I love you*.”

梁晨心中一紧，抓住机会，直视她的眼睛，说：“Me too.”

林素荟眼睛里闪烁起某种亮光。此时他才确定，她是喜欢他的，至少在这一刻，她期待着。他伸手抚摩她的脸颊，想吻她的唇。她瞪大眼睛，看着他向自己靠近，然后又缓缓闭上。梁晨在她的唇上轻轻一吻，退回来望着她。林素荟睁开了眼，红着脸颊。

身后一个声音忽然响起：“情人节快乐！”

那个小男孩捧着玫瑰站在他们身后，得意地笑着说：“漂亮姐姐，我们又见面了，哥哥这次要买花的哦，我给你们留了一束玫瑰花。”

梁晨数了数，还是那代表一心一意的十一支。他看着鲜花，笑了，就如同2月14日午夜那将要合并的指针，只绕了一圈就相逢了。

回到宿舍，梁晨心情依然不能平静，他失眠了。

他拿起手机拨给展威，把下午到晚上的经历，从头到尾讲一遍。展威这次没有哈哈大笑，很意外，他语气严肃地对他说：“这么好的女孩，你可不要辜负她。”

挂掉电话，梁晨躺在床上，幸福的笑容爬满他的脸颊，他使劲拧了下手背，才敢确定这不是梦。

06

墙上的时钟指向零点，咖啡馆里客人仅剩几个。

展威关掉手机，对正在查账的美女老板挥了挥手。她看到那个象征胜利的手势，随即放下手中的活儿，走过来坐在展威对面。

她点了一支烟，忧心忡忡地问："我有点后悔了，他们这也发展得太快了吧？"

展威喝了口威士忌，微笑着安慰她："不用太担心。你了解你妹妹，知道她喜欢什么样的男生。我了解我这个哥们儿，他虽然有点一根筋，但确实是个难得的好男人，更重要的是，林素荟也是他喜欢的类型。他们在一起也蛮配的，只不过由你充当了他们的丘比特。"

林素妍点点头，又摇摇头，叹着气说："我们这样做到底对吗？两个人的感情，可不能乱开玩笑。"

展威为她倒了杯酒，说："这当然不是开玩笑，我们试了那么多次，创造了无数个机会，制造了那么多巧合，直到今天才终于成功，我们该欣慰才对。来，为胜利干一杯。"

林素妍拿起杯子和他碰了碰，说："我当初只是随便说说，没想到真能成功，主要是你太配合我了。"

展威拿起杯子一饮而尽，说：“说实话，这个世界上哪有那么多的缘分？都不过是处心积虑才得以相识，得寸进尺才得以相爱。我当年在校门口制造那么多次偶遇，才终于认识了你。”

林素妍惊讶：“啊？我以为，我们是命运的安排……”

展威无辜地说：“我本来也想等命运安排，但是后来发现，等是没用的，很可能等着等着就错过了。丘比特不眷顾我，就自己行动起来，做自己的丘比特，就是这么个道理。”

V
相逢的人会 再相逢

别哭，

我亲爱的人，

我想我们会一起死去。

别哭，
我亲爱的人

{ The First and Last Love }

01

我躺在一把柔软的躺椅上，双手平放在身旁两侧，右手边有一个茶几，玻璃桌面搁置着金属色泽的烛台，上边插着许多支蜡烛，房间里所有的灯都灭了，唯一的光来自那些努力燃烧的蜡烛。纵然如此，室内的光线依然昏暗。墙角的音响重复播放着一首说不上来风格的音乐，能分辨出来的音色只有管风琴和竖琴，呜呜和叮叮咚咚的舒缓旋律在寂静房间里萦绕。空气里仿佛有暗香浮动，意识尚且清晰的时候，我知道那是来自香薰蜡烛燃烧时释放出来的气息，还有一丝馨香来自身边这个身着暗红色连衣裙的女催眠师，我的嗅觉甚至可以分辨出那股淡淡的古龙水味道，这些香味在空气中弥漫融合，随着她的不断提示，我闭上眼睛，深沉地呼吸，仿佛躺在春天的草地上。

吸气，停住，然后呼气。

催眠师说："吸气的时候，要尽自己最大限度地去吸，呼气的时候，也要尽最大限度去呼，排出体内的浊气，你会感到自己紧绷的身体，渐渐松弛了下来，想象此刻的你躺在春日午后的草地上，耳边响起鸟鸣声，你看到湛蓝的天空，飘浮着几朵白云，它们随着微风缓缓流动，阳光透过云彩的隙缝照耀着你，此刻，你最想做的事情是舒舒服服在这草地上睡上一觉。”

随着她喃喃的话语，我看到了透过云朵照射下来的阳光，有些晃眼，我提醒着自己，无论如何都不能随着她的提示进入睡眠，因为我知道她所说的睡眠，并不是真正的睡眠，而是要带我一起进入潜意识的世界之中，这是人大脑中一个无边无际的时空，她想要通过催眠与我的意识进行沟通，来这里做治疗之前，我已经阅读了一些催眠治疗的书籍，我知道一旦随着她的话语睡过去，她就可以进入我的潜意识，把大脑中关于哥哥的所有记忆悉数删除，这样，我就可能永远地失去了他，失去了我的哥哥。

哥哥，我是不会忘掉你的。

我怎么可以忘掉你呢，我宁愿夜夜失眠，宁愿陷入重度抑郁，宁愿自己承受来自精神和肉体的所有痛苦，也不愿接受这残酷的治疗，我会反驳催眠师所有的话，与她抗争，如果我不这样做，哥哥，我就可能永远失去你。我亲爱的哥哥，相信我可以做到，我必须也只能这样为你坚守。

“每个人来到这个世界的时候都是孤独的，尽管你不愿承认，但这是事实。”催眠师说。

她大概以为我已经进入睡眠状态，便开始她的工作。哥哥，催眠师是这个世界上最残忍的医生，她可以利用你的大脑，删除你大脑中所有的信息，让你的记忆渐渐变得残破，直至完全消失，就像格式化移动存储设备那样清空一切。这样你就可以脱离精神的无边苦海，让你某天一觉醒来，忘掉了你最中意的唱片，忘掉了你喜欢的食物，忘掉了你最热爱的人。哥哥，如果在你最爱贝拉的时候让你接受治疗就好了，这样你就会忘掉她带给你的所有美好感觉，最终你会忘掉在你的生命中曾经出现过一个她，你们会成为陌路，你也就不会死了。

如果你还活着，也许我就真的好了，不用再吞下成堆的药片，不用再来这里接受什么催眠治疗，只要看到你，只要你对我微微一笑，拍一拍我的肩膀说句“笨蛋”，我就会变成一个健健康康完完整整的人。我还是你的弟弟，你还是我的哥哥，我们一起上学，一同回家，听我们喜欢的唱片，打我们喜欢的游戏。你可以背着爸妈抽烟，我永远也不会揭发你；你去追你喜欢的女孩，只要不是贝拉，我想我都可以接受。贝拉虽然漂亮，可她像个梦魇，我能体会到你内心有多喜欢她，可她是一个会给男人带来危险的女孩。如果是我，我就不愿意为了她去和别人打架，那会让一个人丧失理智。冲动会让你变得疯狂，或许你可以打过别人，保护好她，可是，如果你被打倒了呢？唉。

“你还能记得关于哥哥的什么事情？”催眠师问。

我记得关于哥哥的所有事情，但是你们别想把它们从我的大脑中删除。妈妈，不知道你为什么要这么做，为什么要带我来做这个催眠治疗。你不必用这么极端的方式，哥哥毕竟是你的亲生骨肉。

如果你不爱我们，为什么还要把我们生下来？虽然哥哥没有符合你们的要求，像我一样乖巧听话，做一个好学生，但他毕竟是一个独立的人，他可以有自己的理想，有权利去追寻想要的生活。虽然他做错了事情，不该早恋，不该旷课，不该打架，可是他已经为此付出了代价，他的死还不够让你们原谅他所有的过错吗？

02

“在你的记忆中，对哥哥印象最深刻的事情是什么？”催眠师轻声问我。

哥哥和我的成长环境算不上很好，爸爸把精力放在调职升迁和应酬上，妈妈是个唯利是图的商人。虽然在这样的家庭不愁衣食住行，但是家庭不和睦对于我的童年来说，比贫穷更加令人发指。妈妈在起初没有赚很多钱的时候尚且温和，随着资本渐渐雄厚，经济独立导致人格独立，她的女权倾向暴露出来，她的独断专横和颐指气使让整个家几乎每天都淹没在战争的硝烟之中。一直到我和哥哥念小学，被送进全封闭寄宿学校，才脱离了这无涯的苦海。

哥哥曾经救过我一命，在念小学的时候。

某个夏日午休，我起床去上厕所，几个同学看到了我，拉我一起去游泳，我却不敢下水。老师说过，游泳池有些区域水很深，没有老师的陪同，不能私自游泳。那几个同学胆大，脱了衣服下水，像鱼一样在池子里游来游去，他们惬意的样子让我有点羡慕。有个同学在深水区踩着水嘲笑我胆小，我心里不服气，就脱了衣服，跳进池子。

我还不会游泳，只学会了闭气下潜，就潜在池底慢慢走动。消过毒的浅蓝色池水非常清澈，我在水中睁开了眼睛，看到几个同学在水里嬉戏，我抬头换了口气，再次下潜，午后的阳光透过窗口照进水面，我不断换气，并试着在水里游动，不知不觉到了深水区。我潜在水里，渐渐看不到其他同学，浮出水面后发现他们已经不在了。我顿时慌了，双手在水里胡乱扑腾，游泳池水深两米，如果我不游出深水区，恐怕会被淹死在里面，于是我双腿用力地乱蹬，过分的紧张导致小腿抽筋，我大喊救命，却呛了口水，渐渐往水底沉去。喝了几口水后，胸闷、缺氧，意识渐渐变得模糊……醒来的时候，我发现自己靠着浅水区的台阶，呼吸渐渐变得顺畅。哥哥坐在台阶上，阳光照在他的身上，他的发梢沾着水珠，折射出七彩光芒，他低头看着我，说："笨蛋，明明不会游泳，还敢偷偷过来。"

我问："是你把我拉上来的？你怎么知道我在这儿？"

哥哥说："谁让我是你哥哥呢，世界上所有的双胞胎都有心灵感应的。"

双胞胎之间会有一些很好玩的事情。我和哥哥的脾气差异很大，我有很多要好的朋友，哥哥却因为脾气暴躁，很少有人跟他玩。有时候同学到我家来找我玩，我和哥哥就密谋欺骗他们，一个人藏在屋子里，另外一个人出去，问："猜猜我是谁？"哥哥比较机灵，每次他出去的时候都不会被猜中，而我比哥哥笨，我一说“猜猜我是谁”就被人猜了出来。朋友们觉得这是个无聊透顶的游戏。有时候我也会穿上哥哥的衣服去骗他们。玩这个游戏让我们乐此不疲，因为从陌生的眼睛来看，我和哥哥长得一模一样，不是那么容易分辨出来的，直到后来哥哥留起了长发。

哥哥说得对，世界上所有的双胞胎都有心灵感应。哥哥留长发是为了扮酷，我能理解他内心所想。那是在读中学的时候，他开始把头发留长，而我不大敢违背爸妈的意愿，每次都乖乖地剪成平头，他们理想中的好学生应该留这样清爽的短发，穿干净的衬衣、干净的球鞋，拿着门门功课都优秀的成绩单。而哥哥跟我渐渐走上了相反的道路，性格决定命运，也许如此便可以解释哥哥为什么会成为和我截然不同的另外一个样子，他穿着膝盖有破洞的牛仔裤、肮脏的帆布鞋，头发越来越长，并且学会了抽烟。

哥哥第一次学抽烟的样子，至今我还记得。烟是一个叔叔留下的，那个叔叔是妈妈的新男友，我们中学毕业之后，爸妈离婚了，我被判给了妈妈，哥哥应该去跟着爸爸，大概是他不愿离开我和妈妈，仍然跟我住在一起。对于这件事情，爸爸也没有什么表示，对于这个把工作和应酬看得比家庭重要的中年男人来说，也不可能有什么表示，只会每个月把生活费汇到账户里，恐怕连妈妈都不愿意再见到他。

总之，这样的生活，我说不出满意不满意，虽然没有了爸爸，可我还有妈妈和哥哥，这样的一个家庭已经足够了，因为我有很多父母离婚的独生子女同学，他们跟着其中一方，或者跟着爷爷奶奶姥姥姥爷，过着比我们还差劲的生活。

妈妈的新男友在家里也是个若有若无的角色，我听从妈妈的意愿，每次出门或回家与他碰面的时候，都会叫他一声“爸”，哥哥却从来不叫，他目无长辈大家早已习惯，谁也没有计较，发展到后来，他连“妈”都懒得叫。那个暑假里，妈妈依然忙着自己的生意，她大概是怕我听哥哥指挥出去乱跑惹事，就给我们报了一个暑期补习班。

每天补习班放学后，我就和哥哥一起回到家里，按照惯例我负责替他做作业，反正我们的作业一样，我先做完后再替他抄一遍，举手之劳而已。我趴在书桌上做题的时候，他通常躺在床上听音乐，或者摆弄他那把吉他，那是我们省下半年零用钱买来的。

那天，我做完作业之后，看到哥哥抱着吉他坐在床边，嘴里叼着一支烟，拨弄着琴弦，吉他的声音非常好听。

我走到床边，躺在他身边，他问：“你要抽一支烟吗？”

我摇了摇头。

他说：“试试。”然后把嘴里的烟拿下来，塞进我嘴里，我小心翼翼地吸了一口，还没在嘴里兜一圈，就吐了出来。

哥哥问：“感觉怎么样？”

我说：“苦苦的，还有点辣。”

烟确实让我感到失望，没什么令人享受的味道。他把烟从我嘴里抽走，然后说：“看着我，你要咽下去，再吐出来才会有感觉。”然后他吸了一口，咽了下去，过了一会儿，烟雾从鼻孔里冒了出来。我按照哥哥的方法，深深吸了一口，正要往下咽，却被呛得剧烈地咳嗽，眼泪都快流出来了。

哥哥在一旁哈哈笑着，说：“笨蛋，不是让你咽到胃里，是要吸进肺里。”

他又示范了一次我才看明白，原来烟是这样吸的。我捏着湿润的过滤嘴，又深深吸了一口，烟丝燃烧产生的烟雾经过过滤，顺着呼吸道进入肺中，短暂地停留之后再缓缓地被吐出来。连续吸了几口，我感到胸口有些憋闷，就像吃了几个槟榔般微微有点醉意，于是闭上眼睛，昏睡了过去。

我醒来的时候，哥哥还在拨弄琴弦，我趴在床上静静地望着他。不知道什么时候，他的头发已经长得很长，额前的刘海垂到了鼻梁，眼睛被头发遮盖着，若隐若现。他透过发梢瞥了我一眼，笑了笑，嘴里的香烟悄无声息地燃烧着，灰蓝色的烟雾氤氲升空，他腾出右手捏着过滤嘴把烟灰弹掉，然后又塞进嘴里，继续拨弄琴弦，大概是在练习涅槃乐队的 *The Man Who Sold the World*，那是我们共同喜欢的歌曲。他右手扫着琴弦，发梢随着节奏荡来荡去。我从床上爬起来，从妈妈的卧室里找来一个发箍，他接过发箍戴了上去，于是额前的头发不再影响他的视线，他投入地弹着那首曲子，那一刻，我发现哥哥越来越像那个帅气的主唱柯特·柯本。

03

后来我才知道，哥哥学抽烟、学弹吉他是因为他喜欢上了补习班的一个女孩。我之所以知道这件事，是因为每次我遇到那个名叫贝拉的女孩的时候，内心都会有一种懵懂的感觉，她就仿佛一块磁石，让我的目光忍不住在她身上停留。

她的头发比哥哥长不了多少，经常变换颜色，大概每周上五天课就会出现五种颜色，如果我恰巧忘了今天是周几，回头看一眼她的头发就会得到答案。不知道她是来自哪所中学，暑假补习班大家都不用穿校服，而她的衣着在当时的我看来相当另类，她上身常穿一件印着柯特·柯本头像的 T 恤，下身则是一条斑马纹的连裤袜，或者是一条布满破洞的牛仔裤。她仿佛是另一个世界的人，本来与我的世界没有任何交集，但我的哥哥大概跟她属于一个世界，我之所以会为之心动，是因为我的哥哥会为之心动。或者说，正因为哥哥为之心动，我才会心动。

哥哥告诉我，贝拉是一个朋克乐队的主唱，暑假在酒吧驻场演出，我忽然理解了为什么她的头发总是五颜六色的。哥哥告诉我，贝拉的乐队缺一个节奏吉他手，于是我明白了为什么哥哥每天作业不做，甚至连游戏都不再陪我玩，整天只顾着埋头苦练吉他技术。哥哥告诉我，他想要加入乐队，因为只有这样才可以整天和她在一起。哥哥是个极具行动力的人，这个漫长的暑假里，哥哥逃掉了补习班的课，每天都窝在家里练琴，他的左手指尖磨出了泡，破掉之后，新皮下又磨出了泡。在暑假将要结束时，哥哥左手指尖已经满是茧子，他伸出细长的手指对我说：“你摸摸，是不是硬硬的？”

哥哥的吉他技术突飞猛进，某天下午，他背着吉他走进了那家酒吧，找到那个正在排练的乐队，演奏了涅槃乐队的几首歌曲，展示完一些高难度的吉他技巧后，他顺理成章地加入乐队，成了一位名副其实的吉他手。

哥哥的头发越来越长，并且漂染成了金黄色，我发自内心地支持他这样做，因为我的哥哥看起来就像柯特·柯本那样帅。可我不敢保证妈妈会像我一样支持他，高中不但不允许男生留长发，更不准染发，哥哥的得寸进尺引发了和妈妈的一场战争。

新学期报名的前一天晚上，妈妈往家里打电话要求我们把长发剪掉，电话是我接的，我转述完妈妈的要求，哥哥只说了三个字：不可能。我犹豫之后，决定陪哥哥一同违抗母命，两个人共同承担这个后果。晚上妈妈回到家之后，看到我们根本没有去剪头发，说：“现在立即、马上去给我把头发剪掉！”

看我和哥哥都坐着没动，妈妈气急败坏地抄起剪刀走了过来，她大概是想“替天行剪”。我不知道从哪儿来了一股勇气，腾地从沙发上弹了起来，抓住妈妈紧握剪刀的手。她看到温顺听话的我忽然做出如此火上浇油的举动，怒火上升，甩手朝我脸颊扇了一耳光。我惊住了，在我的记忆中，她从来没有这样打过我，我的心怦怦地跳，仿佛要跳出胸腔，泪水夺眶而出，我夺过剪刀狠狠摔在地上，从家里冲了出去。

街灯把我的影子拉得很长，我抹着眼泪漫无目的地在马路上走着。过了一会儿，哥哥拍了拍我的肩膀，他大概是担心我会想不开，就追出来叫我回去。我说："哥，我不想回去了。"

哥哥抽出一支烟叼在嘴里，却不说话，陪着我走过了一条又一条街道。不知道走了多远的路，我们又累又渴，走到一个电话亭前，哥哥进去打了个电话。挂掉电话后，哥哥说："我带你去酒吧玩。"

Live house 有一个乐队正在演出，音乐震耳欲聋，哥哥仿佛跟他们很熟络，冲台上的人招了招手，然后去吧台要了一打啤酒，把我拉到舞台前坐下，我们伴着凛冽的吉他声和激烈的鼓声一口一口把冰凉的啤酒灌进胃中。过了一会儿，贝拉从人群里钻了出来，毫不客气地从桌上拿起一瓶酒，咕嘟咕嘟地灌了几口，又从哥哥那儿要了一支烟抽。演出结束时我已经醉得一塌糊涂，走路身体都在摇晃，后来终于忍不住，扶着路灯剧烈地呕吐。贝拉体贴地拍着我的后背，又跑去便利店买纯净水。贝拉走后，哥哥蹲在我身边，点了一支烟递给我，我摆了摆手。我满手都是鼻涕和眼泪，头晕得厉害，不能再抽烟了，我擦着鼻涕眼泪说："哥，这样的女孩，也不错。"然后身子一歪倒在了地上。

醒来的时候，我躺在一张陌生的床上，头还隐隐作痛。看着天花板的图案，我实在想不起来这是在哪儿，于是从床上爬了起来，走到客厅，发现贝拉和哥哥头靠着头坐在地板上看 DVD。那是一部老掉牙的德国电影——《布达佩斯之恋》，说的是一个美丽迷人的女人和两个男人的爱情纠葛。女人同时爱着一个犹太餐厅的老板和一个钢琴师，在他们之间周旋，我和哥哥曾经看过一遍。此刻屏幕上三人去野餐，酒足饭饱之后，他们躺在草地上，女人在心爱的两个男人中间，两个男人紧紧搂着她的肩膀，吻着她的脸颊。

贝拉回头看到了我，就招了招手，示意我坐在她的身旁。我们三人依偎在一起，哥哥像电影上的男主角一样，试探着去吻贝拉的脖颈。贝拉并不避讳我这个灯泡，热情地回应他，甚至握住我的手。和电影里的情节不同的是，在他们吻得投入的时候，我慢慢抽出了手，起身回了房间。

那天哥哥和贝拉发生了什么，我并不清楚，我躺在贝拉的床上思考着这个谜一样的女孩究竟有着怎样的身世。我悄悄地拉开了她的抽屉，翻看了她的相册和日记，才知道她和我们一样有一个破碎的家庭。我们就像城市中孤独的留守少年，不缺吃，不缺穿，缺的只是关爱。这样的孩子恐怕不在少数，他们或许有着相同的性格，如若不是如同我一样小心翼翼地按部就班地做一个乖学生，恐怕就会像哥哥和贝拉一样，成为叛逆的问题少年。

我甚至后悔跟母亲起冲突，虽然我很想像哥哥和贝拉那样，做真实的自己，却又不得不考虑这样会不会伤害到妈妈那越来越脆弱的神经。家里有哥哥这一个问题少年就够了，如果我变得和哥哥一样，岂不是会毁掉妈妈所有的希望？

我和哥哥终究还是进入了高中，对于那天离家出走的事情，没有人再提起，我开始回归到妈妈所认同的好学生的样子，每天按时起床背单词、吃早餐、去上学，放学后按时回家。

哥哥依然在和贝拉恋爱，像所有高中生情侣一样，避开老师，避开家长，所有的活动都在地下悄悄进行。这样也许能避开世俗观念的阻挠，可是只要两个人真心相爱，在一起又何妨呢？

对于哥哥的爱情故事，我知之甚少，大概是他跟我相处的时间越来越少的缘故，大概他大部分时间都陪着贝拉，他们一起逃课排练，一起在酒吧演出。看着他越来越像我心目中的偶像柯特·柯本，我就原谅了他，原谅他为了练琴而不陪我，原谅他为了陪女友而不陪我，原谅他为了演出而荒废了学业。这本来也不是我该操心的事情，每个人都有自己的人生道路要走，纵然我们是双胞胎兄弟，他也是独立而自由的一个人，如果有一天他成了一个摇滚明星，我想我会为他感到高兴的。

04

高中的时候，妈妈成立了新的家庭，搬去了新家和新男友过日子。我和哥哥两人单独生活在一起，生活无比惬意。爸爸已经完全从生活中消失了，如果不是每季度到账的抚养费，他就仿佛从未在我们的生命中出现过。而我们的女权妈妈开始把和新男友生儿育女列入婚姻规划，无暇顾及我们。适度的自由会让一个人找回自我，而过度的自由未必是好事，因为这样的生活没有持续多久哥哥就出了事故。高二那年暑假，哥哥的乐队在 Live house 里演出，每天都回来得很晚，有一天哥哥回屋时已经是凌晨三点，我打开卧室的灯，哥哥戴着一顶鸭舌帽出现在我面前，脸上有瘀青。我掀开他的帽子，忍不住惊呼，哥哥剃光了头发，额头和后脑勺被纱布包裹。

“发生了什么？”我看着哥哥血迹斑斑的白衬衣，急切地问。

他脱掉衬衣扔在地上，赤裸的上身点缀着青紫相间的瘀伤，我的泪水顿时涌了出来。哥哥说：“别哭了。”然后让我去给他找来一瓶高度白酒，他拧开盖子喝了两口，教了我一种治疗瘀伤的办法之后就趴在了床上。我按照他口述的步骤，把酒倒在盘子里，用火柴点燃，然后把手伸入蓝色的火焰，蘸上酒精后把手按在瘀伤上。火苗在我的手指和他的皮肤上燃烧，我快速地揉搓，火苗渐渐熄灭，哥哥疼得额头渗出了汗水。就这样一处一处地揉搓，忙活了一个小时才处理完毕。哥哥又从冰箱里找来冰块，装进塑料袋，外面再裹一层毛巾，敷在瘀伤上，他说这样可以快速消肿。

事情的经过是哥哥说给我听的，大概是哥哥的讲述过于详细，以至于现在回忆起来，如同亲身经历一般。那天晚上演出的时候，有个醉酒的青年拎着酒瓶跑到舞台上 POGO，起初哥哥以为他只是喝多了，这样的人每天都有，所以并没有理会。后来这个青年夺下了贝拉的麦克风，要她陪他一起跳贴面舞，贝拉厌恶地推开了他。

大概是他醉意已深，没有站稳，摔倒在舞台上，恼羞成怒的他拎起酒瓶朝贝拉扔了过去，贝拉躲过酒瓶，却淋了一身的啤酒。青年从地上爬起来，抄起麦克风的支架要去打贝拉，这时哥哥抡起手中的吉他砸向男子的脑袋，琴箱顿时碎裂，青年的头穿过琴箱，他晃了晃，倒在了地板上。

人群里有两个青年冲向舞台，大概是倒下那人的朋友，一人拽住哥哥的头发把他摔倒在地，另外一个人抄起酒瓶砸向哥哥的头部，酒瓶碎裂。贝拉举起话筒架子砸向那人的后背，哥哥从地上翻了起来，用膝盖撞倒了一个人，拉着贝拉跳下舞台，贝拉却被倒地的人拽得死死的。哥哥跑回去冲着那人的下巴就是一拳，却没看到最先被吉他砸晕的青年已经醒了过来，他用那把破洞的吉他把哥哥拍倒在地上，胆怯的人纷纷撤到一边，留出擂台大小的一片空地。

一个青年扭住贝拉的双手，另一个把哥哥按在地上，还有一个手握酒瓶砸向哥哥的脑袋，玻璃碎片四处乱飞。哥哥的前额破了个口子，鲜血像蚯蚓般顺着脸颊往下爬，不知谁喊了一声“警察来了”，三个青年停了手，放开哥哥和贝拉，快速地往外走，人群让开一条路，几个凶手顿时消失得无影无踪。贝拉跪在地上抱着血流满面的哥哥，身体因啜泣而抽搐。

后来，贝拉陪着哥哥去了医院，为了方便包扎伤口，医生要剪掉哥哥的长发，这次哥哥没有反抗，任凭大片的头发掉落在地上。

“为了一个女的，值吗？”

“头发吗？反正还会长长的。”

“我是说拼命，值吗？”

“男人保护自己心爱的女孩，天经地义，就像强者保护弱者一样，只有愿不愿意，没有值不值。如果你有天爱上了一个女孩，也要像我这样去保护她，因为只有这样做，你才当之无愧被称为男人。”

哥哥跟我说这些话的时候，我搂着他的肩膀躺在床上，眼角挂着泪水，把一切过错都推在了贝拉身上。

第二天，贝拉来看望哥哥，是我去开的门。

她站在门口，怀里抱着一束康乃馨，我看出了她内心的愧疚。如果哥哥不认识她，不喜欢她，就不会有这样的事情发生。

我冷冷地说：“你走吧。”

她眼中饱含歉意地看着我，小心翼翼地说：“对不起！”

“现在说这些有什么用？你走吧，不要再来了。”

她的眼泪顺着脸颊流下。她有一个好看的下巴，可是我不可能因为美丽的下巴而原谅她。

“对不起，请把花收下吧。”

我接过花，塞进垃圾桶，说：“你滚。”

“你……你怎么能这样对我？我……”

“滚！”

我关上门，透过猫眼看到她默默地离去了，内心如释重负。

卧室里，哥哥已经起床，靠在床头抽烟，他问："你为什么要把她赶走？"

"……"

"你想让我跟她分手？"

"我替你做出这个决定，是为了你好。哥，不要怪我。"

"你有什么权利赶她走？你又有什么权利为我做决定？"哥哥很生气。

我们俩很少吵架，这次却是为了一个女人，一个会给男人带来灾祸的女人。我感到很委屈，大声冲他喊："总之我不想再见到她，也不希望你再跟她见面。"

"我不可能跟她分手，你死了这条心吧。"

"如果你再跟她在一起，我们……我们一刀两断。"

我想我把话说得过于重了，哥哥愤怒地把香烟摁灭在左手背上，"嗞嗞"的声音伴着一股煳味，让我揪心地疼。哥哥扔掉烟头，看也没看我一眼就走了出去。

05

我知道，他可能去找贝拉了。那天之后，他再也没有跟我说过一句话。

我想告诉他，我不希望他们在一起，只是因为担心他再发生意外，并不是真的讨厌贝拉。贝拉美丽而另类，有时候温柔得如同一只猫。我知道她其实和我们一样，是个孤独的孩子，是那种男生看了都会心生爱怜的女孩。哥哥保护她的心情，我开始试着去理解。他出现在我面前的次数越来越少，仿佛从生活中消失了一样，我想他大概把所有的时间都用来演出了，还有用来和贝拉约会。

高三的课程很紧，作业像五指山一样压得我透不过气来，每天我都在台灯下埋头做到凌晨。做作业的时候，我还保留着听音乐的习惯，不同的是，我把涅槃乐队的所有唱片都封藏起来，开始听一些舒缓的摇滚乐。那段时间听得最多的是汪峰，《美丽世界的孤儿》这首歌总会让我心里隐隐作痛，它让我想起我的身世，想到我的双胞胎哥哥，想到我们的曾经不孤独的生活。哥哥大概逃掉了所有的课，我在学校里没有见过他，晚上大概又忙着演出，这昼伏夜出的生活规律，对于按时上学按时放学的我来说，就如同他消失了一样。

不过，哥哥并没有消失。

那是个下午，放学后我背着沉重的书包走在回家的路上，街口出现三个人，拦住了我的去路。看他们的样子，不用细想就猜出他们是和哥哥在酒吧打架的那三位，我扫了他们一眼，问："你们有事儿吗？"

其中一个青年说："没事儿找你干什么？"

另外一个青年说："怎么，现在不去酒吧唱歌了？"

我立即明白，他们是把我误认成了我的哥哥，我说：“你们认错人了。”

“哈哈，你以为你装成个乖学生，就躲得过去了？”一个青年说着撩起了额前的头发，“我脑门儿这个疤，你还记得吧？”

这一定是那个被吉他砸中脑袋的人，哥哥不在，我有些胆怯，说：“你们要找的人不是我，但是，你们想怎么样？”

“你说呢？我这儿可是缝了不少针。”

我从书包里掏出钱包，说：“我身上所有的钱都在这儿，都给你们。”

一个青年接过钱包，把里面的纸币装进自己的口袋，说：“早这么听话不就没事儿了？”

“我可以走了吧？”我拿过自己的钱包，塞进书包。

“等等，你那个小妞儿呢，让她陪我喝杯酒我就放过她。”

“我不知道。”我说的是真话，我确实没有再见到过贝拉，可能是转学了。

“那你今天就别想走。”

我拔腿就跑，街道上熙熙攘攘地挤了很多看热闹的人阻碍了去路，一个青年拽住我的书包，然后使劲一甩，把我甩到了地上。我的泪水不争气地涌了出来，哭喊着：“我都给你们钱了，你们还想干什么？”

“我们要的不是钱！”一个青年走过来甩了我一耳光，我眼前一黑，耳朵嗡鸣，接着肚子上又挨了一脚，肠胃痉挛的绞痛传遍全身。我捂着小腹躺倒在地上，嘴角溢出了鲜血。夕阳里，人们的影子在我眼前晃来晃去。

就在这个时候，我又看到了哥哥，他嘴里叼着一支烟，出现在我面前。他蹲下身，把烟塞在我的嘴里，拍了拍我的肩膀，说："你没事儿吧？"

他的声音对于我来说就如同一针吗啡，顿时麻痹了身体的疼痛。哥哥站了起来，转过身去，我看到他背在身后的手上握着一块板砖。他走到一个青年面前，一句话都没说，扬起手甩向青年的头部，伴着砖头的碎裂，青年闷哼一声栽倒在地上。另外一个青年从身上掏出一把折刀，刺向哥哥的小腹，哥哥快速抓住那人的手腕，但还是没有能够阻止锋利的刀尖刺进小腹，我吓得闭上眼睛，小腹的绞痛更加剧烈，仿佛刀刃刺在我身上。那人拔出折刀，又捅了一刀，哥哥用力抢过折刀，身体却倒了下去，鲜血浸透了白衬衣。

我扬起头，号啕大哭。太阳已经开始西下，金色的光芒洒在街道上，层层拥挤着看热闹的人群把他们包围在中间。我爬过去，抱着哥哥，无数的拳脚像暴雨一样砸在我的身上，我的泪水顺着脸庞滴落在哥哥的嘴上，他舔了舔嘴唇，使尽全身的力气对我说："一个真正的男人，宁可流血也不能流泪。"

哥哥变得有些迟钝，他搂着我的脖子说："如果我死了，你要坚强地活下去，替我保护好你自己，保护好她。"

这句话让我胸口如滴血般绞痛。我哭干了眼泪，感到一股暖暖的力量传到四肢，我抓起掉落在地上的沾满血迹的折刀，挣扎着从地上爬起来，朝着杀害哥哥的青年冲过去，把折刀用力刺向他的小腹，然后拔出来，看着流淌的鲜血笑着。青年捂着伤口，跪倒在地上，我抬腿踢向他的脑袋，他像一截木头般倒下去。

人群里有人在喊：“这个人疯了！”

剩下的两人看到这个情景之后开始逃窜，我紧握着折刀，疯狂地追赶，血染红了我的衣服。风从耳边呼呼吹过，我的脚步渐渐慢了下来，夕阳下的街道和人群开始摇晃，变成红彤彤的一片模糊的光晕，我晃了几下，倒在了地上。

06

之后发生了什么我完全不记得。醒来的时候，我躺在医院的特护病房里，床头架子上挂着一个透明的输液袋，红色的血液顺着管子输进我的静脉。我感到有些不适，仿佛世界从这一刻开始变得不太真实，白色的墙壁，白色的床单，白色的枕套，还有白色的鲜花。

我的哥哥呢？我扫视了整个房间，妈妈挺着大肚子坐在床边，扶着她的肩膀的是她的老公，我新上任的爸爸。他的身后站着一个女孩，那是贝拉，我顿时失去了理智，说：“你滚出去！”

贝拉并不出去，她走了过来，靠近我的脸庞，说：“你不用赶我，我一会儿就要走了。”

妈妈抚摩着我的额头，说：“孩子，这个姑娘已经在这儿守了两天了，一直等着你醒过来，她有话跟你说。”

妈妈和她的老公走了出去，房间里只剩下我和贝拉两人。

贝拉说：“我以后再也不给你添麻烦了，我要搬走了。”然后她俯下身，吻了吻我的脸颊，“希望你能原谅我。”

她起身走了出去，我感到一颗眼泪滴在了我的嘴角，我伸出舌头舔了舔，涩涩的滋味。她的泪水让我知道，她失去了她的男友，我失去了我的哥哥。我的眼泪也淌了出来，和她的融合在一起。

我想起了哥哥最后对我说的那句话：“一个真正的男人，宁可流血也不能流泪。”我擦干眼泪，积极地配合治疗，三个月后，我的身体完全康复，却依然害怕独处。独自一人的时候，我总是思念我的哥哥，每天都失眠到凌晨。身体虽然在好转，精神却没有恢复，夜深人静的时候，我反复听着那张汪峰的唱片，听那首《美丽世界的孤儿》。我会想到妈妈和她的新家庭，想到只是按时付钱的爸爸，想到我永远失去了哥哥，我想我以后也许就真的成了孤儿，忍不住又要掉泪，但是歌词写“别哭，我亲爱的人，我想我们会一起死去”。这句话仿佛来自哥哥的内心，他却先于我死去。

妈妈来看我的时候，我让她给我讲哥哥小时候的事情，她却总是想不起来。看着她日益变大的肚子，我心想算了，我已经不指望她记得什么了。我的内心有种冲动，想在出院之后替哥哥完成他的理想。但是在我康复之后，妈妈并没有接我回去，而是让我转到了另外一个疗养院，并且为我请了半年的长假，让我接受催眠治疗。

我偷偷找来了一些精神分析和催眠治疗的书来看，弄明白了妈妈的用意，她是怕我精神崩溃，而要利用催眠对我进行洗脑，把我对哥哥的记忆从大脑中删除。

催眠师是这个世界上最残忍的医生，她可以利用你的大脑，删除你大脑中所有的信息，让你的记忆渐渐变得残破，直至完全消失，就像格式化移动存储设备那样清空一切。这样你就可以脱离精神的无边苦海，让你某天一觉醒来，忘掉了你最中意的唱片，忘掉了你喜欢的食物，忘掉了你最热爱的人。了解到他们的用意之后，我想到了对策，每天接受催眠的时候，我都努力让自己保持头脑清醒，就像今天一样回忆着我和哥哥的事情，不让催眠师的话植入我的潜意识，这样我就不会忘掉哥哥。

07

两个星期之后，女催眠师对我的康复丧失了信心，于是我又换到另外一个科室接受治疗。妈妈腆着肚子把我领到另外一个医生面前，这是一个四十岁左右的男子，跟爸爸的年纪相仿，我不由得对他产生了某种恐惧。他让我坐在一把椅子上，脚踝和手腕上都铐上了金属仪器，身上吸满了带磁片的橡胶塞，导线都通往一侧的一个有着许多显示屏的机器，我就如同警察局里戴着测谎仪的罪犯，又像特护病房里的高危病人。

医生让妈妈去外面等着，她关上门走了出去，透过窗口往里张望。

坐在我对面的医生摘下近视眼镜在白大褂上擦了擦，问："孩子，你今年多大了？"

"十七岁。"

"多美好的年纪啊。"他说，"在你这个年纪，应该像一个正常的男孩一样，拥有正常的生活，而不是在这里虚度光阴，明白吗？"

"当然。"我说。

"想不想出院？"

"想。"

"那你就听我宣布一件事情，如果你能接受这个事实，你就可以出院，像其他男孩一样，去上学，去踢足球，去追喜欢的女生，去做所有你想做的事情，像一个正常的男孩一样成长为一个真正的男人。"

"你说吧。"听了他这番话，我的内心不由得紧张起来。

他把擦干净的眼镜戴回鼻梁上，说："好，我要说的只有一句话，你要记住这句话——你的哥哥并不存在。"

我的心脏剧烈地跳动起来，医生注视着仪器，我问："你说什么？"

“你的哥哥从来没有存在过。”

“那他是谁？”

“是你自己。”

“不可能！你在撒谎。”我的泪水在眼眶里翻滚。

作为一个男孩，过了十六岁，就是男子汉，不能再哭了。

“你是骗我的，对吗？”我已经不管什么男子汉了，“我的哥哥怎么可能不存在？”

“这是你的出生证明，你自己看看。”医生递给我一个文件夹。

我看着上面的字迹，身体忍不住颤抖起来，泪水也止不住地往外涌。“这是假的，我要问我妈妈。”

医生朝窗外挥了挥手，妈妈走了进来，她抚摩着我的头发说：“医生说的是事实。妈妈对不起你，在你小时候没有好好照顾你，才让你患上了人格分裂。”

医生说：“我们了解了你的家庭和成长经历，你第一次产生人格分裂症状是在小学，被水淹到那次，到现在一共出现过五次。你感受到所谓哥哥的出现，其实就是你自己。你自己游到游泳池的浅水区，你的同学去找你，你扮成你想象中的哥哥去让他们猜，你家庭的专制教育导致你压抑着内心的想法，按照家长和学校的要求，学习成绩优秀，在校表现良好。但是这些被压抑的欲望并没有真正地离开过你，它们潜藏在你的潜意识之中。随着年龄的增长，越来越多压抑的欲望，形成了你的后继人格。两种人格在受到暴力或者精神创伤时产生交替。你从中学时开始早恋、抽烟、酗酒、迷恋摇滚乐、打架斗殴，这些都是你一个人所为，但是你的主体人格不愿意接受这个事实，所以它们被你幻想成你哥哥的行为。实际上，你的哥哥从未真正出现过。”

医生的话让我变得歇斯底里：“不可能！你这个骗子！”

“根据这次对你成长历程的调查，最先发现你人格分裂倾向的是你的同学，他们说你告诉他们你有一个双胞胎哥哥，你经常假装是哥哥，让他们猜，但是他们并不知道这是一种病。

“家庭的破碎也是你发病的原因，你有时称呼继父，有时爱答不理。你留长发，被妈妈打那一次，导致你产生人格分裂。你去找那个叫贝拉的女孩，让她陪你一起酗酒。你逃掉补习班的课程，在家里练习吉他，和贝拉早恋导致你的后继人格成为你的主宰，你和乐队暑假在酒吧演出，为了贝拉和社会青年斗殴，受伤后又回到自己的主体人格。我和贝拉聊过，她说你的性格时而温和时而残暴，你有时对她温柔，有时对她凶狠，这些都是典型的人格分裂症状。”

“我不相信！我要亲自去问贝拉！”

医生拿来一面镜子对着我的额头，说：“你看，这是你在酒吧打架时留下的疤痕。”

我看着镜子中的自己，那是哥哥的样子，我的身体感到透骨的寒意。如果这是真的，贝拉，我不应该怪你，是我错了。

医生拉住我的手，问：“还记得这个烟疤吗？”

我低头看着左手背上那个清晰的疤痕，晕了过去。

两个多月的康复治疗后，我渐渐接受了这个事实，并且明白了“哥哥”是怎么离我而去的。

当时，我的主体人格占据着我的大脑，因此我回到了正常的高中生活，做回了一个听话的学生，但是最后那次械斗，我被打倒在地上之后，幻想着“哥哥”再次来救我，想象着他被刀捅进小腹，真实的场景是我被折刀刺伤小腹。“哥哥”最后说的两句话是我的潜意识在和意识沟通，“哥哥”的“死去”让我重新获得了力量，我捡起折刀，刺伤了一个人，最后失血过多昏倒。

出院之后，我站在镜子前，脱光了上身的衣服，望着皮肤上的疤痕，想到“哥哥”那两句话：“一个真正的男人，宁可流血也不能流泪。”“如果我死了，你要坚强地活下去，替我保护好你自己，保护好她。”

我对着镜子中的自己笑了，我想到出院之前医生告诉我：“每个人生来都是孤独的，现在你已经相信这个事实，从今往后你只是你自己，你要从一个男孩成长为一个真正的男人。”

十八岁生日那天，妈妈抱着妹妹参加我的生日派对，我从妈妈手里接过妹妹，把她抱在怀里，捏着她柔软的脸蛋，她睁大眼睛好奇地望着我，然后冲我笑。看着她可爱的模样，我忽然无比地想念贝拉，我从未如此痛彻心肺地想念她。

我对着蜡烛闭上眼睛许愿，希望我从今天起成为一个真正的男子汉，希望我能在茫茫人海中找到贝拉，我要告诉她，我爱她，就像爱我自己、爱我的哥哥一样爱她，我要保护她，就像保护自己的生命一样去保护她，因为我们都是这个美丽世界的孤儿。

相逢的人 会 再相逢

我从不相信一见钟情，
直到遇见你。

对的人终于会来到，因为犯的错够多

{ The First and Last Love }

01

昨天是大年二十七，我在拼命赶飞机。

目的地南苑，一个军用改民用的机场。一般人都不从那儿走，交通不便利不说，还很容易误机。可这没什么好抱怨的，是我不小心订错航班，就算跪着也要飞完。

我特地凌晨四点起床，六点出发，八点到南苑，飞机已经起飞了。改不了签，退票后订了一个中午十二点的航班，地点却南辕北辙——首都机场。又花了两个小时辗转去首都机场，轻轨一钻出地面，我就有种不祥的预感，今天八成回不去了，天空飘起了鹅毛大雪。

果不其然，南航柜台滞留了一堆乘客，他们要联名投诉航空公司索要赔款，几个领头的阿姨和大叔看我拎着行李箱走过来，问我要不要一起去。

我摇了摇头，经过一上午的折腾，我早已精疲力竭，别说区区几百块钱，就是赔我一架飞机，我也懒得再去折腾（主要是不会开）。未待说服我，一个肤白貌美的长发女生拖着行李箱翩翩赶来，阿姨大叔们立即丢下我，围上去游说她。不管是出于真心，还是无意，对她的解围，我报以感激一笑。

她很聪明，阿姨大叔没说两句，她便理解要义，表示自己没意见，听大家的。

南航的负责人适时赶来，宣布已安排好航班，明天中午准时起飞，滞留的乘客由他们提供酒店住宿、餐饮和巴士专车，并且，每个人补贴八百。话音一落，刚成立的索赔联盟立即被原地招安，跟着负责人填单子领钱去了。

长发美女冲我一笑，“你不去吗？”

“去！”我顿时改了主意，心想有美女陪着，别说八百了，八毛钱也去，单身狗就是这么没出息。

签完字，领到钱，南航的巴士就开了过来，要送我们去酒店休息。

她只带了一只随身的行李箱，便直接上了车。往车下塞行李时我想，如果她旁边那个座位空着，我就坐下来，跟她聊几句。上天折腾我这么久，不就是为了成全我和她的相遇吗？

可不能辜负上天这番美意。

02

在我二十一岁时，有了人生第一次艳遇。

那年我刚上大二，还是一个热爱看小说、踢足球的热血青年。

我搞到了一张工人体育场的看台票，舍友想要去看，我不给。舍友拿陪他表姐逛植物园的机会来跟我换，我还是不给，并且告诉他，我就是这么有原则……舍友给我看了他表姐的照片，于是我换了。

说是表姐，其实一点血缘关系也没有，只不过两家住对门，从小一块儿长大。她叫袁菲，职业律师，居住地广州，来北京是因为一场官司。打赢对手后她心情大好，恰北京放晴，郁金香盛放，想出来走走，便约了舍友同行。没料到舍友薄情寡义，一张看台票就把她给出卖了。当然，在电话里，舍友给出的理由颇具说服力：踢球骨折下不了床，又不想扫了姐姐的雅兴，只好派个哥们儿陪同，不用把他当外人，就当是另外一个弟弟。

我来早了，便在花园边上看郁金香的花语：博爱、体贴、高雅、聪颖……我刚念两句，眼前忽然一暗——头顶有把伞遮住了阳光。

“会晒伤的。”袁菲体贴地笑着。高跟鞋、丝袜再加上一身OL装扮，让她显得成熟、性感又端庄，这让我有些紧张。

“你怎么认出是我？”我怕冷场，随口找了个话题。

“我弟跟我形容过你，帅气、阳光、温柔、体贴……算了我编不下去了。”袁菲笑道，“在我弟照片上见过你！”

袁菲说完伸手捏捏我的脸，我心里顿时明白，为什么她会喜欢郁金香——博爱。不过，有了姐弟这个称谓，我放松下来，接过伞撑在她头顶。她没我高，就挽了我的手臂，我们像情侣那样依偎着逛花园。

花香芬芳，阳光四溢，没逛多久，我便春心萌动，想去牵她的手。试探几次，都因胆小又缩了回来。突然，袁菲抓住了我的手，我还没来得及开心两秒钟，随即明白是花园尽头的秋千让她起了童心，要硬拉着我向草坪奔去。跑了几步，她险些崴了脚，脱下高跟鞋，站在草坪上撒娇，让我背她过去。

我蹲下身子，她趴在我背上，一只手搂着我的脖子，一只手拎着高跟鞋指挥我往前走。也许是看多了《我的野蛮女友》，背她过草坪的那几分钟，我忽然有种想和她相恋一辈子的冲动。她坐在秋千上荡来荡去，开心得像个孩子，直到一群真正的孩子眼巴巴地看着我们，她才肯把秋千让出去。

我们沿着樱桃沟的栈道往溪流上游走，她跟我讲起了学法律的枯燥、律师资格证有多难考、南方的生活比北方惬意……话题一转，聊到了情感。家人在她单身时劝她找个男朋友，在她找到男朋友时劝她赶快结婚，他们总是比她更急着迈入下一步。她已经能想到，一结婚，家人肯定又要逼着她生孩子，可她不想这么匆忙地过上按部就班的生活，也受不了从这一刻就能看到尽头的人生。正因如此，男友向她求了两次婚，她都没有答应。他人很好，像她的家人一样，期待和她步入按部就班的人生。但相恋多年，她已然感觉不到爱情的存在，没有分开，是因为一直没找到分手的理由。而他却误以为，是求婚不隆重，所以她没答应，于是又有了第三次大张旗鼓的求婚，她拒绝了，他很生气，于是她终于等到了那个和他分手的理由。

“所以，分手了？”

“一个月前的事。”

“对不起。”触动了她的伤心事，我有些后悔，“我不该问那么多。”

“我没伤心，”看我满脸疑惑，她解释道，“真的，分手后我一阵轻松，单身反而舒服很多，连呼吸都变得自由。”

“呼吸……还有自由不自由之分？”我是真的好奇。

“你谈过恋爱吗？”

“谈过。”

“现在呢？有女朋友吗？”

“没有。”

“所以你刚才一直想要牵我的手？”

“你已经……看到了？”我大窘。

“想牵手就牵啊，为什么又缩回去了？”

“我……那个……”我吞吞吐吐，内心忐忑，手足无措。

“塞林格说，爱是欲触碰又收回手，”袁菲调皮地笑，“所以，你是爱上我了吗？”

03

上了南航大巴，我忍不住窃喜，她身边果真没有人。可待我走到跟前，顿时有点泄气——她用苹果笔记本占住了身边的空位。

或许她不想和别人坐在一起吧。就这么一念之间，我错过了最佳搭讪时机，身体跟着脚步往后排走去。

半个小时车程，巴士开过了三座桥、两条铁路，来到一个举目荒凉的地方，唯一的现代建筑就是眼前的酒店。

房间里暖气很足，我饱睡一下午，总算恢复了体力。晚餐是自助，我端着餐盘选菜时，又遇见了她。

“你自己吗？”她认出了我，礼貌地打招呼。

“是啊，你也一个人？”我有点心花怒放，打算邀请她坐下来一起吃饭。

“不，还有我室友，在那边。”她指了指远处餐桌，一个看起来很严肃的女生正在等她入座，我心中有些失落。

“你可以一起来吃啊。我跟她也刚认识，不太熟。”她仿佛看穿了我的心思，体贴地说。

“好啊！”我又心花怒放，随手夹了两个菜，坐到她们桌。她室友比我年龄稍大一点，看起来不苟言笑，聊了几句发现相当热情。她邀我晚饭后和她俩一起出去走走，看雪景。我嘴上答应好的，心里有点勉强，有她室友这个电灯泡在，出去走走就真的变成走路了。

正在此时，她室友的手机响了，男朋友打来的，说在开车过来的路上，怕她一个人在酒店无聊，要接她回市区唱 K。挂了电话，她抱歉地说：“一会儿不能陪你们玩了，孤男寡女可要注意安全哦。”“安全”这两个字是重音，说完她还意味深长地笑了笑。

吃完饭，我俩默契地出门，沿着积雪覆盖的道路一直往前走。

冷不丁回头，已经看不到酒店。

“你认识路吗？”她有些担忧。

“不认识。不过，我能记住方向，你怕走丢的话，可以牵着我的手。”

她笑着摇摇头，往前快走了两步，拉开安全距离后，才回头跟我说：“为什么你的脸皮这么厚？”

“可能是因为我胖。”

她不接话，只是笑。我岔开话题，问：“你是跳舞的吧？”

“你怎么知道？”

“直觉！”

“这也太准了吧？”她好奇地停住脚步，“你怎么知道的？”

“因为……你的气质像……舞蹈演员。”

“真的吗？”她好像开心了一点，在雪地里跳了两下，又问，“舞蹈演员是什么气质？”

“就你这样的啊，纯真、优雅、清新、脱俗……不行，我编不下去了。”我指了指她的脚，“是因为你走路外八字，练过芭蕾的姑娘走路都这样！”

“这你都知道？”她对我的身份产生好奇，“那你是做什么的？”

“你一定猜不中！”

“如果我猜中了呢？”

“有奖励！”

“什么？”

“吻我一下！”

“我，吻，你？”她一字一顿，“那算是惩罚吧。”

“要不，你自己选奖品，一个吻，或者一百块红包，你选哪个？”

“红包。”

“就知道你喜欢钱。”

“我是不想让你得逞！”她笑够了，便再次打量我，最终摇头放弃，说：“我猜不出来。”

“愿赌服输！”我指指脸颊，“快来吻我一下。”

“我不要上你的当！刚才没说有惩罚。”

“我是没说，可你说了啊——吻我算是惩罚。”

“流氓！”她佯装生气，甩下一句继续往前走。

“哎！你猜中了！”

04

终于走累了，我们在湖边找了张长椅，坐下聊天。说是聊天，其实更多是她说我听。

“大一时，我暗恋过一个男生，社团里认识的，他很优秀，身边女生很多，我不确定他是不是喜欢我，所以就算是一起吃饭逛街看电影，也没敢主动牵过手，怕一伸手就彻底失去了。大三那年，他有了女朋友，我也和一个追求者谈起了恋爱，又先后匆匆分手了。

直到毕业，我才知道，我暗恋他时，他也喜欢着我，因为不确定对方心里怎么想，等啊等啊，就这么错过了。而我们当时的恋人，只不过是退而求其次的选择。”回味完这段往事，袁菲笑了，说，“故事讲起来很俗套，但让我明白了一个道理。”

“什么？”

“被动选择只能得到喜欢你的人，主动追求才能得到你喜欢的。你喜欢的人也喜欢你的概率非常低，所以要倍加珍惜，主动出击。宁愿错，也不要错过。”

我内心忍不住为她这段话鼓掌，同时也顺从了自己的内心，鼓起勇气，牵住了她的手。

她笑着为自己辩解：“我刚才只是跟你说这个道理，不是在鼓励你什么……”

“我明白，不能怪你教得好，是我学得太快。”

“哈哈。”她被我的一本正经逗笑了，顺势靠在我的肩膀上，并没有抽出手，我心中的幸福感又被放大了一些。

我享受着这种心照不宣的依偎，沉默了很久才问她刚才说的这些，是不是她的爱情观。

袁菲摇摇头：“其实，这算是我的人生观。”她看着我，“我念书时经常问自己，什么样的人生才是精彩的人生，找不到答案。后来我做了律师——这个职业很残忍，我经常要参与审判各种各样的人生，有些甚至是我曾经梦寐以求的。原来好人不一定能得到善果，才华常常会被埋没，苦苦熬了几十年成为有钱人，过得却并不快乐。”

“如果这样盖棺定论，哪还有人生算得上精彩？”

“你说得没错。”袁菲眼睛亮晶晶地看向我，“所以，我们为什么还要追求一个难以把握的结果？人生不过三万多天，今天就是其中一天，而且马上就要过完。我说话这一分钟过去了就再也不会回来。所以精彩的人生不是盖棺定论的结果，而是活在当下的每一刻，每一刻不辜负，每一刻精彩，人生就不白活。”

她的话打动了我，一时间竟忘了回应，只是呆呆地看着远处的湖面，微风吹过，波光荡漾，这个场景太美了，我情不自禁有些感动，想起之前看过的一部电影的台词：“Carpe diem，seize the day...make your lives extraordinary。”

“《死亡诗社》？！”袁菲惊喜地望着我，“原来你也喜欢这部电影！”

“我看过三遍，什么都好，就是这句台词翻译得太烂了。”

“对的！什么活在当下，珍惜现在，让你的人生超凡脱俗！”她自己说着也不禁笑出声来。

“我当时还在想，为什么不找一首好点的古诗来翻译？什么人生何其短，何必苦苦恋……”

“这是歌词，李宗盛。”

“不好意思，记串了。”我重新酝酿感情，“人生何其短，其短何其多，其多何其苦，其苦何其长……”

“我更喜欢那一句：人生何其短，你我欢其尽，亦尽其欢。”袁菲认真地看了我一会儿，不知不觉间，我们的手已经握得那么紧。她的直视让我不由得心跳加速。我难以猜想她刚才的话里有多少是发自肺腑，又有多少是为了暗示我，可来不及思考，她已经侧过头，吻住了我。

我闭上眼睛，热情地回应她，心中涌动着快乐。

05

雪还在下，我们走到了来时路过的那条铁轨前，头顶上方红灯闪烁。她要抬腿穿过，被我拽住了，说：“等等，火车马上就要来了。”

“哪儿有火车？”她左顾右盼，除了纷飞的雪花和逐渐降临的夜色，一无所有。

“马上就到，最多不会超过两分钟。”我笃定地说。果然，还不到一分钟，道口的路障就自动放落下来。

“你怎么知道有火车要来？”

“你有驾照吧？”

“有啊。”

“驾照买的吧？”

“是花了点钱……”她有点羞赧。

“交规课上老师讲，在无人值守的铁路道口，红灯闪烁，表示有火车通过，要停下来等待。”

“这你都能记住？”她信服地点了点头。

“刚才我救了你一命，这在古代，是要以身相许的。”

“幸亏我生在了现代。”她露齿一笑。

“古代也没关系啊，又没火车。”

“是哦。”

一列载满乘客的火车缓缓驶来，车头灯光把夜空照亮，片片雪花闪着光落在她身上，她开心地伸手挥舞。那一瞬间，我觉得她美丽极了，像夜空洒落的雪花一样。我牵住了她的手，她没有挣脱，或许是因为我的手温暖，而她的冰凉。她看了我一眼，有些仓皇和羞涩，我把她拉进怀中，吻住了她的唇。

火车隆隆驶远，四周陷入一片昏暗。

06

一直到音乐停止，袁菲才起身点了支烟，抽了两口递给我：“今天的事，不要让我弟弟知道。”

我吻了吻她的额头，保证不会告诉任何人。

袁菲替我把烟蒂扔进水杯，靠在我身上，说：“我明天中午的火车。”

我心中想要挽留，可是话还没来得及说出口，便被她的手指堵住了嘴，她说：“你不要送我。”

“为什么？”

“这会让弟弟怀疑我们的关系。”

“明天他有课，我可以偷偷去火车站。”

“他不是下不了床吗？怎么能去上课？”

我心想坏了，不小心说漏嘴了，索性把工体看台票的事情坦白给袁菲，请求她不要怪他。

袁菲笑了：“本来我还好奇他为什么不让我去看他，这下明白了。”她伸手抚摩我的脸，“放心，我不会怪他的，如果不是他撒这个谎，我也不可能认识你。”

我的心又开始怦怦地跳，忍不住呼唤了她的名字：“袁菲。”

“嗯？”

“我好像喜欢上你了。”

袁菲摩挲着我的头发，说：“我也喜欢你呀。”

“我是说……我想和你在一起。”

她沉默了一会儿才回答：“最好不要在一起。”

我忽然觉得自己的表白有些愚蠢，但是仍然没有控制住，加了一句更愚蠢的追问：“为什么？”

袁菲轻吻哄我：“和你相遇这一天，真的很美好，够让我满足的了。”

“我也觉得很美好，所以才想要继续下去。”我有点沮丧，“昨天你对我说的那些话就是我此刻的心声。遇到心爱的人，要主动表达爱意，宁愿错，不要错过。”

“可是，我们不能在一起。”她的语气缓和了许多，“我相信，相遇是这个世界上最美好的事，我们没有辜负上天的美意。可是之后呢？如果我们在一起，我们感情最美好的时刻就是现在，再往后就要承受很多不美好。你会发现我的缺点，发现我们有这样那样的不合适，无尽的生活琐碎、厌倦争执。我们经历过最美好的，就不会满足于巅峰之后无尽的低潮和失落，如果我们心有不甘却又只能随波逐流地往前走，那和我上一段感情又有什么区别？”

“你太悲观了，这不像是一个相信爱情的人会说的话。”

“不，我相信爱情，但我也相信人性，我相信那些移情别恋、反目成仇，最后又成为陌路的人，曾经有多相爱。但如果是我，我愿意选择早点结束，让一切停留在最美好的时刻。”

“你口才太好了，我说不过你。”我点燃一支烟，沉默半晌后，才慢慢反驳，“可昨天你教我不要错过，今天又教我坦然放手，我虽然学得快，但学不了那么多。”

“你还小，以后肯定会遇到很多很多比我更温柔漂亮体贴的女孩子。你的一生会有很多很多美好的相遇，你也许会和她们相爱，舍不得分开，也许不会。不过总有一天，你会明白，我说的是对的。”

“什么？”

“我们本来是两个世界的人，就像方向不同的两条铁轨，偶然相遇，然后分离，这才符合规律。只有这样，才能让相遇时最美好的我们，留在彼此心里。不信的话，你可以按我说的做。明天上车后，我会删掉你的电话，你最好也删掉我的，我会跟你说再见，但再见的意思，就是再也不会遇见。你就把我当作你在街上遇到的任何一个心动的身影，擦肩之后，一定不要回头，不要留恋。也只有这样，才能让我们在余生彼此怀念。”

她说完后，直视着我的眼睛，鼓励我同意，或者答应。我移开了眼神，望着天花板，回味她的话。她的语气真诚，不像是在敷衍我，更像是经历过一些事之后，把内心感悟到的一股脑全倒给了我。我想从中找出漏洞，来说服她改变主意，想来想去，终究什么也没说。

她又吻了吻我，说：“其实我不喜欢道别，可是，如果这会让你好受一些的话，明天，你来站台送我。”

07

今天早上，我是被电话铃声吵醒的。

酒店前台打来 morning call，提醒九点半大巴准时出发去机场。挂了电话我还想继续睡，她又把我摇醒，说：“亲爱的快起床，再睡又要错过航班了。”

“亲爱的”或许是她的口头禅，适用于所有记不起对方姓名的时刻——是的，我们从认识到现在，也不过十多个小时。想到这里，我又清醒了些，不敢睁眼看她，不是怕她太丑我会后悔，而是怕她太美我会舍不得。还没想出个结果，她凑过来亲了我一下。我睁开眼睛，她确实很美，连素颜都是那么好看，这让我彻底陷入犹豫，到底要不要立刻说再见？

答案是显然的，可即便如此，我也要铁着心肠才能做到。

起床，洗脸，刷牙，吃早餐……我们像是早已熟悉的情侣那样，一起上车，一起排队安检，我还开了些适度的玩笑，填满了所有的空隙，以免她向我要电话或微信时，我难以拒绝。

直到过了安检上飞机，空姐提醒关闭移动通信设备，我才松了一口气。

“你在哪儿念书？”可她还是发问了。

“北京啊。”

“我问你学校在哪儿？”

“魏公村。”

“我也是哎！”她惊喜地看着我，我却没有觉得意外，早上她收拾行李时，我不小心瞟到了她的学生证，我们的学校紧挨着，过条马路就到了。

“难道是天意？”她摇着我的手，一脸天真，“我一看见你就觉得你很亲切，说不定我们在哪儿见过呢，我常在理工大学的操场上跑步，在北外的游泳馆游泳，在魏公村的小店买零食……”

她说的这些地方我都去过，如果我仔细回忆一下，没准儿能想到更多能印证我们有缘的事情，比如我们在同一家餐厅吃过饭，不早不晚，就在前后桌；又比如我们看过同一场电影，不远不近，就是相邻的两个座位；再比如我们有共同认识的同学或朋友，加了微信还能发现彼此共同点过赞的朋友圈……可我不能让她陷入这种命中注定相遇的情绪难以割舍，只好淡淡地回一句："是吗？"

"是啊！"她热情地看着我，"我昨天八点钟从魏公村出发的，你呢？"

"我八点钟已经到南苑机场了。"

"南苑机场，为什么？"

"我订错了票，然后误机了，又改了个航班，才又到首都机场。"

"你看，你费尽周折，不就为了遇见我？真的是天意啊……你有女朋友吗？"

"没有。"

"真巧，我也没有男朋友，要不……"

"不要。"

"为什么？我喜欢你。"

"我也喜欢你，可是……"

"先别着急拒绝，听我说完。昨天我上大巴的时候，你在下面放行李，我看着你，心里确定，你就是我命中注定会遇见的那个人，那会儿我在想，如果你上车时能坐在我旁边该有多好……所以，我拿笔记本占住了身边的座位，不让别人坐了本该属于你的位子。"

“真的吗？”这下我也觉得神奇了。

“真的。”她举了三个手指发誓，“我从不相信一见钟情，直到遇见你。”

说这句话时，她的眼神没有摇曳，也没有逃避，看来是真的。有那么一瞬间，我动摇了，想问问她的名字，记下她的电话，想和她赌一赌，在一起是什么样的感觉，这种喜欢能持续多久，一年、三年、五年、七年，还是一辈子？会不会吵架，能不能幸福？

我轻吻哄她：“我给你讲一个故事好不好？”

她点了点头。

08

在机场等行李的时候，她问：“后来呢？你去火车站送袁菲了吗？”

“去了。”

“那你按她说的做了吗？”

“没有，站台拥抱道别，她让我快点离开，然后头也不回地走了。那时我年轻又固执，不相信她说的，在关门的最后一刻跳上了火车。”

“这个主意不错！”她期待地看着我，“然后呢？”

“然后，我发现她其实没有我想象的那样铁石心肠，她不回头，是因为怕我发现她哭了。我出现在她面前时，她又笑了。”

“然后呢？”

“然后我就发现她说的是对的，我不但年轻、固执，还愚蠢。我们在火车上又聊了一路，这次是我说得多，她全程在听。最终她答应了和我在一起，我们约定异地恋两年，我毕业后去找她，和她结婚。可我们没有撑到一年就结束了。”

“为什么结束？”

“和她说的一模一样，我们慢慢发现了对方身上的缺点，想改变对方却做不到，为了一点琐事开始争吵，开始计较这段感情中谁该付出更多一点，冷战，最后不得不分手，删掉了彼此的号码，再也不相见。”

“你后悔了？”她很聪明，一下就 get 到了我想要说的。

“我非常后悔，为什么当初没有听她的，短暂相遇，然后离去，这样的话，说不定余生中还能时时怀念。”

“所以，你讲这个故事，是想告诉我，我们应该现在就说再见，对吗？”话刚出口，她眼睛就红了，看我沉默，她倔强地挽着我的手臂，说：“这对我不公平，你不能因为和她不幸福就拒绝我，我又没有做错什么。”

“不是你的错，是我不想再错。”我从她的手臂中挣脱出来。

“结果怎么样谁都不知道，你怎么能确定我们在一起就一定是错的呢？”她忍住了眼泪，声音却在哽咽，“现在的我就和当年的你一样，可当年的你去哪儿了呢？”

我怕她哭起来自己会心软，就开了个矫情的玩笑，“当年的我上了火车，一去就再也没回来。”

她没笑，只是擦了擦眼睛，说：“我知道，强求也没有用。我们没有留电话，也没有问过彼此的姓名，所以，我们的分别没那么复杂，你抱我一下，像热恋的情侣那样，真诚一点，用力一点，我就走。”

这个拥抱很漫长，长到当年的我就要坐火车回来了。我在犹豫要不要再相信一次爱情，向她要个电话，试试到底结果会如何。还没等我坚定这个念头，她推开了我，说：“我不奢望你余生会怀念，只求你后悔的时候，来找我。”

然后头也不回地走了。

目送她离去，心里无数个声音提醒我：冲上去叫住她把她抱在怀里别让她就这么伤心难过地离开她又没犯什么错，又无数次被我强忍了下去：过去的错已经那么多，为什么还要再多一次，明知道没什么好结果。可当她的身影真的消失在候机大厅，我又不争气地后悔了：错的人不是她不是袁菲也不是我，而是我已经无法找回当年的那个我。

我在想，或许我每次怀念袁菲的时候，都是在怀念当年的自己，怀念当年那个为爱奋不顾身的我。我的行李还没有出来，可我已经管不了那么多，我跑出机场大厅，四处寻找她的身影。她已经消失不见，外面只剩下车流穿梭，我知道一切都晚了。

09

有人拍了拍我的肩膀，我猛地转身，却不是她。

一个中年男子向我借烟，他手里攥着火，期待地看着我。我有点失落，掏出口袋里的烟盒，分一支给他，自己也点上，沮丧地抽着。

“你的东西掉了。”中年男子说。

一张纸条在风里翻滚，我追上去捡起来。一定是在我们拥抱时，她趁我不注意偷偷塞进我衣兜的。

正面是她的名字和手机号码，背面是两句话。

一句是：“后悔了吧，还不快打给我。”

另一句是：“你说的，宁愿错，也不要错过。”

相逢的人 会 再相逢

每个人都有属于自己的一片森林，
也许我们从来不曾去过，
但它一直在那里，
总会在那里。
迷失的人迷失了，
相逢的人会再相逢。

——村上春树

相逢的人
会再相逢

{The First and Last Love}

01

没有订到回家的火车票。如果买站票，十七八个小时下来，非站死在火车上不可。黄牛票让人不太放心，权衡之后，决定坐飞机。本以为可以迅速到家，没想到过安检的时候，报警器响，我被拦了下来。我自认是循规蹈矩的人，不曾做过伤天害理的事，就任由警务人员翻查我的旅行箱。

这些年恐怖袭击事件频繁发生，首都机场的安检也变得严苛起来，行李箱里摆放整齐的衣物被警察抖落满地，乘客们也都走过路过绝不错过地看着我，有个美女甚至拿起手机对着我拍了张照片，有那么一秒钟，我心里犹豫了下是不是要去提醒她关了闪光灯效果会更好，下一秒钟就没了这个机会，离我最近的警察突然按住了我的胳膊，明晃晃的手铐往我腕上一磕，我就被铐牢了。

他们从包中翻出了四袋透明软包装的淡黄色液体，让我老实交代，我顿时松了口气，镇静地告诉他们这是中药，昨天在药店代煎了六袋，医生嘱咐早晚各服一袋，这是喝剩下的四袋。

为首的警察接过包装袋，对着灯光看了看，上面印有药店的名称、电话和广告语，半信半疑地让我打开其中一袋，他要闻一闻，才能确定我所言不虚。他的手下为我解开了手铐，我揉了揉手腕，从裤兜里掏出瑞士军刀，割开真空包装，把药倒进纸杯里，然后递给了为首的警察。他闻了闻，递给手下，手下把纸杯凑在鼻前一嗅，便还给我。可能是为了确保万无一失，他用眼神指了指杯中的药，说：“这杯你喝了吧，别浪费。”

我本想说中药凉喝伤胃，转念一想，如若不喝，恐怕又会引起怀疑，便仰头闭气喝光了那杯苦不堪言的药液。围观的乘客渐渐散去，为首的警察谦和地跟我道了个歉，我表示理解。我瞄了一眼手表，马上要开始登机了，便把手里的刀折回原样，走向旅行箱。

“等等，这刀是怎么回事儿？”

正准备装回口袋的刀又转到了警察手里，他看了看说：“这把刀属于违禁物品，不能带上飞机。”我跟警察解释说这把刀对我意义重大，能不能通融一下，托运已经来不及了。警察要求我配合他的工作，把刀先寄存在机场，返程时凭证件领走。为了不延误航班，我只得跟着他去填了个单子，把刀寄存在安检处。

终于顺利登机。我刚把随机行李放好，一个美女径直朝我走了过来，坐在了我的身旁。她穿了一件仿美式军服双排扣毛呢风衣，足蹬一双马丁靴，显得成熟干练。坐下后，她脱了风衣盖在腿上，理了理长发，一股夏日阳光般轻盈的发香弥漫开来。

“原来是你啊！”她很惊讶地说。

“是我。”我点了点头说。

她一走近，我就认出了她是刚才拍照的那个女孩。我在想是不是应该礼貌性地聊几句，留个联系方式，让她回头把相片发给我。这个念头闪了没几下就凭空消失了。或许往常，我会因旅途中偶遇漂亮女孩而神情振奋，挖空心思找个话题搭讪，期许这种不经意的邂逅能给生活带来一丝新鲜。可是这次我却失去了说话的兴致，被那把遗落的军刀搅得心神不宁。

02

刀的主人叫王阳，是我少年时代最好的朋友。父亲曾多次警告我，不许跟王阳玩。在他看来，王阳家境优越，就算不好好念书，天天混日子，也能过上较好的生活，而我必须努力学习，考一个好点儿的大学，将来才能找到一份体面的工作。当然这些话我是听不进去的，整个中学时代，我都只在表面上服从父亲的命令，暗中依然和王阳来往。

中考后，那个漫长假期的伊始，父亲带我去图书馆办了一张借书证。他知道我喜欢看书，而王阳是那种看到书就头疼的学生，所以他想让书划分我们的界限。只要我不和王阳一起疯跑，就算是达到了他的目的。假如我能从书中学到点东西，纯属额外收获。于是，十五岁那年夏天，我每天骑车在家和图书馆之间往返，不知疲倦。

图书馆管理员每天都会在登记簿上记录读者的出入时间，我想逃也逃不掉。父亲也会不定期抽问我都看了什么书，内容是什么。

一开始是被动接受，随着时间的推移，我喜欢上了这种生活。阅览室里窗明几净，光线充裕，有着宽阔的书桌和一辈子也读不完的小说。暑期开放着冷气，与外面惨烈日光暴晒的世界相比，阅览室简直是天堂，在里边待久了，没人愿意回到大街上三五成群地晃荡。

有次我在找书时看到一个女生，隔着摆放整齐的书籍和我相对站立。单眼皮，圆眼睛，小巧的鼻子，尖尖的下巴，留着一头清凉的短发。大概是感受到了我的目光，她抬头看了我一眼，视线交错的瞬间，我呼吸紊乱，头皮紧绷，心跳失常。怕被她看到我的窘态，我随手拿了本书，匆匆离开。坐下后，我又忍不住偷偷观察她。

她喜欢文学类的书籍。

看书的时候，她安静得如同一只猫，慵懒地伏在书桌上，下巴枕着小臂，另一只手撑着书本，双目入神地盯着文字，不时翻页。累了就伸个懒腰，打几个哈欠或喝杯水，然后手臂姿势互换过来，继续趴伏在书桌上阅读。

我坐在不远的位置上偷偷看她，享受那种呼吸无法平静的感觉。我想知道她的名字，却一直得不到结果，甚至把读者登记簿拿出来，对着填得满满当当的表格，猜测她会是哪一个。我像个蹩脚的特务，骑自行车偷偷跟踪过她，她家在一条从熙熙攘攘的古旧街道拐弯的胡同里面，离图书馆不是太远。

我推测她是个专注的女孩，读书的时候专注地读书，骑车的时候专注地骑车，很少东张西望，也很少回头，我跟随她的身影在人群里穿梭，目不转睛，生怕一不留神，她就不见了。

她的身影成为我最关心的风景。

某次，我在阅览室里等待一整天都没看到她，我变得心神不宁，想象她不出现的理由，是生病了，还是出车祸了？我的大脑被消极的想法占据，手捧书本如坐针毡。终于我坐不下去了，推车走到她家那条胡同口，壮着胆子走了进去。

那是一条很深的小巷，青石板路旁是门户半敞的四合院，面容安详的老人在树下乘凉，路的尽头是一个带阁楼的青砖瓦房，色泽陈旧的木门紧闭，门廊下整齐地摆着一排花盆，有肥厚叶子的芦荟，有长相如同大蒜一样的水仙，还有浑身带刺的仙人掌。

“你找林岚吗？”突然响起的声音吓得我浑身一颤，说话的是一个身材瘦弱的老太太，脖颈爬满了皱纹，她摇着蒲扇，冲我微笑着，这一笑皱纹更多了，“你是小岚的同学吧？”

我忽然意识到，林岚就是那个我梦寐以求的名字，于是连忙点点头，“她在家吗？”

“她练琴去了，一会儿就回来。

“那我先回去了。”

“你叫什么名字啊？等她回来我好跟她说。”

“不用了，奶奶再见！”我挥挥手，跨上自行车就逃了出去。

在胡同口，我差点撞到一个人，像电影演的那样巧，正是她。我们看了对方一眼，不知道她有没有认出我来，我连忙低下头，和她擦肩而过。

回家的路上，我用一只手扶车把，腾出一只手擦鬓角的汗水。她该不会知道我跟踪她了吧？一定被她认出来了！唉，就算她没认出我来，那个热情的老太太也会跟她说的。

林岚真是她的名字吗？我在登记簿上见过这两个字，只是没想到她居然跟我一个姓！如果是亲戚就好了，这样我就可以名正言顺地跟她搭讪："嘿，丫头，认识我吗？我是你的远房表哥，林轩。"

到家之后，我装作不经意地问了父亲，父亲摇头说没听过这个名字，看来她不是我们家的亲戚，我想见她的话，只能去图书馆。我勤奋得如同上学时候一样，早早就起床，吃早饭，然后去图书馆等待她的出现。母亲看我不再睡懒觉，还偷偷跟父亲说咱儿子开始学好了。虽然是轻声说的，却被我听见了，我反驳她说："什么叫学好，我什么时候坏过？"母亲说："你还说没学过坏，你天天跟王阳他们玩的话，早晚得出事儿。"我说："我这不是没跟他玩嘛，我去图书馆了。"

03

王阳这个名字，在我家里就是坏孩子的代名词，他不爱学习，大概他父亲也知道自己的儿子不是学习的那块料，就没有在意他成绩的好坏。王阳跟我做朋友，他父亲是一百个放心，我父母却一百个不放心。

王阳不是那种调皮捣蛋的学生，老师布置的作业他会认真地完成，只不过除了名字，其他都是抄我的，连追女孩的情书都是我帮他写的。他父亲有些背景，没有期望他能够出人头地，只要安安稳稳读完高中，随便读个大学，都能顺顺利利地安置工作。也许正因如此，我父亲才认为我和他不是一路人，杜绝我们来往。但王阳是一个非常讲义气的人，从小学到中学，我们一直非常要好，没有吵过嘴红过脸，没有分开过。

这个暑假我在图书馆的时候，他以锻炼身体为由，向父亲要钱报了一个跆拳道的培训班，每天学习如何在短时间内把一个人打倒。

我每天泡在图书馆里，手捧书本，大脑却无时无刻不在思考如何接近林岚，然后让她知道，我喜欢她。

图书馆每本藏书封底都有一张借阅卡，却从来没有人记得登记自己的名字。望着借阅卡的空白我突发奇想，如果我看完一本书，在上面写下我的名字，她读到这本书的时候，不就知道我的名字了？就算她不知道这个名字的主人是谁，起码也会对这个名字留下印象。

那时候我还没有看过岩井俊二的《情书》，不知道那个帅得一塌糊涂的男主角柏原崇也是这么做的，我还以为这是自己首创的表白方式，每看完一本书就在借阅卡上工工整整地写下自己的名字。

暑假结束的时候，连我自己都算不清楚究竟读过哪些书，写了多少个名字。

十六岁那年，我和王阳进入同一所高中，我是考上的，王阳是走后门进来的。父母得知这个消息之后着急得发愁，我却如鱼得水。

开学后，我在水房遇到王阳，他兴奋地跟我说："二中的校花也在我们学校，你见过没？"

我摇摇头，说："没有见过。"恐怕我的大脑中负责存储美女的位置已经完全被林岚无情占有，装不下其他女孩了。

"哪天我指给你看看，就在我们班。"

"你是不是喜欢上人家了？"

"追她的男生挺多的，我恐怕都有点晚了。"

"用不用我帮忙？"

"我先领你看看那女孩长什么样。"

故事就这样落入了俗套，王阳拉我去自行车棚，就这样我又见到了林岚，她推着自行车交了停车费，出来时看见我和王阳斜挎着书包矗立着，就冲我们微微一笑，然后骑上车走了。

王阳目送完她远去的背影，激动地拍拍我的后背说："看见没？她冲我笑了，哈哈。"

"她是你的同学嘛，冲你笑是应该的，那个……懂礼貌。"我尴尬地说。

"怎么样，长得好看吧？"

"还不错嘛，还是校花呢。"我干着喉咙说："你不是一直喜欢长头发的女孩子吗？"

"我忽然发现短头发的也好看，其实只要人对了，头发长短都无所谓，你说呢？”

“有道理……追她的人很多吗？”

“光我们班都有不少人表白了，还有一些是有贼心没贼胆的还没有开始行动。你觉得我有戏吗？”

“你想追她？”我感到后背已经完全汗湿。

“当然，你可得帮我啊。这件事儿就拜托给你了。”

“我？”

“难道还有谁？”

04

多年以后在大学的戏剧课上，老师说当一个人面对两难选择的时候，他的行动最能看出人性。大概我本性善良，在我面对这个难题时候，虽然心里犹豫很久，但最终还是决定帮助王阳，作为好兄弟，他从没有让我失望过，我自然也不能让他失望。

从小学到中学，我帮助王阳写过无数的情书，到处誊抄言情作品中那些被用滥的句子，唯独这次我放弃了抄袭。开始发自内心地向另一个人表达爱慕之意。我从遇见她那一刻开始写起，一直写到如何喜欢上她，喜欢她的发型，喜欢她的手指，喜欢她的多才多艺，喜欢她看书时专注的姿态和慵懒如小猫般可爱的神情。最后，我用隐晦的文字请求成为她的另一半，就算这一次被拒绝了也仍然矢志不渝地喜欢她。因为我相信：每个人都有属于自己的一片森林，也许我们从来不曾去过，但它一直在那里，总会在那里。迷失的人迷失了，相逢的人会再相逢。

唯独这句话不是我的原创，来自一本我所钟爱的日本小说。

王阳崇拜得五体投地，说：“林轩，你真够有才的，编得跟真的一样。”

我笑笑，递给他一支烟，没有告诉他，那些句子来自我的内心，不是编的。

信交给王阳之后，我陷入了深深的矛盾之中，如果林岚不予接受，是因为她不喜欢王阳呢，还是因为不喜欢这封表白信？可如果林岚接受了王阳，我该怎么办？我一定会后悔自己没有亲自去表白，而只能独守这种旁人无法体会的失落。

还好这个过程并不漫长，信很快就有了回音。

林岚看完信之后，给王阳回了个字条说要考虑之后再做答复。

王阳掩饰不住内心的狂喜，拿着字条给我看，然后断定自己有希望。

我忐忑地问：“你怎么知道？”

王阳脸上溢满了幸福的神情，说：“写情书的多了去了，她一般都不予理睬。”

一周之后，王阳收到了林岚的回信，大概意思是说先从朋友做起，如果合适再做其他考虑。

也是从那天起，王阳开始每天骑自行车陪她一起回家。他和林岚并不顺路，需要绕一个弯，送完林岚之后再回自己家。

看到这样的情景，我心里感到酸酸的，不停地安慰自己：王阳是我的好兄弟，如果他们两个合适做男女朋友，等于我成全了两个人的幸福，如果他们没有继续发展下去，权当我在林岚身边安插了间谍，这样我即使不用亲自跟踪，也能每天得到关于她的消息。因为自从他们开始做朋友之后，我和王阳的话题几乎全围绕着林岚。

最开始，喜欢林岚的男生只限于本校。后来随着林岚在学校的各种活动上崭露头角，校花的名声越来越大，各个高中都有喜欢她的人，甚至连街上的混混也加入了追她的行列，经常有人叼着烟，在她回家的路上等她。

王阳也因此遭到很多人身安全的警告。

终于有一天，王阳送完她之后，在返回的路上被几个混混截住，连话都没说，就在街边打了起来。王阳虽然学了一些跆拳道，但终究是皮毛，难敌众手，吃了不少亏。

当他撩起衣服给我看的时候，我说："打不过你不会跑啊！你看你身上青一块紫一块的！"

"我不是不会跑，是不能！我跑了这一次，他们就知道我是个孬种，就不会把我放在眼里，直接去骚扰林岚了。"

"这件事，林岚知道吗？"

"还没告诉她，一个女孩子，不知道还好些，知道了反而更麻烦。"他叮嘱我说，"这件事情，你不要告诉别人。"

“那你还送她回家不了？”

“当然得送，要不然怎么好意思说要做人家男朋友。”

“那如果他们再堵你怎么办？”

“我有这个。”王阳从兜里掏出一把刀，递到我手里。

“这刀怎么长得这么难看？”

“别光看长相，这是一把正品的瑞士军刀。”

经他指点，我才看到红色刀柄上有一个白色的加号。

王阳说：“你如果天天带把一尺长的砍刀，别人都知道你不是好人，没准儿警察还会把你逮进去。这把刀携带方便，如果遇到危险，就把大刀折出来，直接捅过去。平时还能开个酒瓶削个苹果什么的。”

某天下午放学，我和王阳在街边的大排档吃面，王阳不知道看见了谁，忽然对我说：“你在这儿等我一下，哪儿也别去，我一会儿就回来。”

说完他抄起一个空啤酒瓶撒腿就跑。

过了一会儿，我有点不放心他，就进了他去的那条胡同。

酒瓶在地上碎成一堆玻璃片，王阳正和两个小混混扭打在一起，我远远地看着他们狠命的拳脚，心里发颤，双腿发抖，但是顾不得那么多了，从路边抄起砖头向其中一人的肩膀上砸去，他吃痛，回手扫了一拳，打中我的嘴角。

我感到火辣辣的疼，一股咸味在嘴里回荡，估计是流血了。我用手一抹，抄起砖头砸在那人的头上，砖头碎了，那人倒在了地上，王阳把另一个人按倒在地上，朝肚子上踹了几脚，然后拉着我跑了出来。

我们跑回大排档，推着自行车，跑了几步，蹿上去，拼命骑。

路上他很生气，怪罪我说："让你等我，你跟过来干什么？"

"我怕你有事，他们人多。"

"那你也不能跟我一起打架呀，你是好学生，跟他们这样的人不一样。"

"总不能看着你吃亏，我站在一旁不管吧。"

"如果跟他们一样打来打去，你就变成了小混混，前途全毁了，你懂吗？"

我没有回答。心里却在盘算着就算我不认识王阳，没有因为他跟那些小混混生出事端，早晚也会因为喜欢林岚和他们打起来。

回家之后，父亲问我嘴角怎么肿了，我说上体育课打篮球撞到了，他将信将疑地看了我一眼。

我们每天放学都小心翼翼提防他们来报复，但出人意料的是，那两个人并没有立即找我们。过了几天，王阳打听到，那两个人住院了，其中一个折了肋骨，另外一个脑震荡，我心想，脑震荡那个恐怕是拜我所赐。真应了那句话：出来混，早晚是要还的。

王阳还是每天都送林岚回家，只不过路上多了一个人，就是我。王阳既担心林岚遭到骚扰，又怕我一个人回家路上会被报复，就和我商量着一起把林岚送回家，然后再一同回家。

那天放学，王阳把我介绍给林岚认识的时候，我感到心里微微战栗，头皮发麻，双手不知道该往哪里放。

“这是我的好兄弟，林轩。”

她冲我微微一笑：“我知道你。”

我朝她点了点头，内心兵荒马乱。

相遇了那么久，却是初次一同骑车走在路上。林岚位于中间位置，我和王阳，一左一右，像两个保镖。

05

那段日子对我来说，算得上人生中一段最美好的时光。

或许是因为我对生活的要求并不很高，人生得一知己足矣，更何况还有一位红颜知己陪伴。三人并行在回家的路上，聊聊上学时候的趣事，或者什么也不说，一起沉默着穿过那些喧闹的街道。

某天课间休息的时候，班里的同学们都纷纷抬头往窗外看，然后又向我示意，我抬头看到林岚在窗口站着。

“什么事？”

“嗯，放学后，你能不能陪我在学校练琴？”

“王阳呢？”

“他临时有事，所以让我来找你。如果你有事的话就算了。”

“我没事。”

“那好吧，放学你到教室找我。”

“好。”

放学后，我陪林岚去了琴房。看着林岚从书包里拿出钥匙，熟练地打开琴房的门，我忍不住问她怎么会有学校琴房的钥匙。

“是钢琴老师给我的，就是教我们音乐的老师。”

“原来暑假就是在这儿练琴。”我自言自语道。

“你说什么？”

“哦，没什么。”

林岚坐在琴凳上，打开键盘盖子，翻着乐谱，问：“你喜欢钢琴吗？”

“还好吧。”

“你想听什么？”

“弹你喜欢的吧，我随便听听。”

“最近我在练班德瑞的 *Raindrops on Your Face*。”

“那就这一首吧。”

她细长的手指在黑白键位之间游走，琴声时而凝重，时而轻盈。我靠在窗前，爬山虎的触须伸进了窗内，随风摇曳。聆听着心上人的琴声，幸福来得有点突然。我不敢去仔细分辨，这幸福是昙花一现，还是一厢情愿。王阳一定听过她的弹奏，他会是怎样一种心情？他此刻会有什么事呢？我内心忽然掠过一丝不祥的感觉。我从幸福的沉醉中骤然清醒，忽然发问：“林岚，王阳对你说了什么？”

琴声戛然而止，林岚怔怔地看着我：“他没说什么啊，只是说放学让我找你陪我练琴。”

“别的还有吗？”

“他说尽量晚点再从学校走。”

“你应该早告诉我的！”我醒悟起来是怎么回事了，推门冲了出去。

“你去哪儿？”林岚看我出门，也起身追了出来。

“你在这儿好好练琴，哪儿也别去。”

我甩开了林岚，跨上自行车往校门口骑去。

刚出校门就被一帮小混混拦了下来，他们仿佛找了我很久，上来就问：“你是林轩？”

我还没有回答就被他们从自行车上拉了下来，自行车倒在一边，我挣脱他们，朝旁边的胡同口跑去，眼前的情景让我惊呆了：王阳被几个人按在墙上，耷拉着头，头发遮住了眼睛，血顺着脸颊往下流。

“你们这群浑蛋！”我飞奔过去，踹开了一个人，使劲拽住王阳的胳膊，说，“快跑啊！”

王阳被按得死死的，抬头看了看我，满脸意外地责问我：“你来干什么？”

我感到头皮一紧，身后有人拽着头发把我摔在地上，无数的拳脚像雨点一样砸在我的身上，我用胳膊护着头和脸，胸口挨了重重的一脚，忍不住剧烈咳嗽起来。

这时王阳忽然回过神来，喊了一声，掏出军刀扎伤了几个人，跑到我跟前把我揪起来，狠狠地说："跑！"

我站起来没几秒钟，头上骤然痛了一下，一个酒瓶在我头上碎了，玻璃横飞。我回身蹬了那人一脚，王阳后背紧靠着我，刀在手里攥得紧紧的，他不时挥舞着，锋利的刃闪着冷光，让人不敢靠近。

他对我说："你赶紧跑，别管我了。"然后把我往一边推，我一个趔趄，慌不择路地往胡同里边冲，挡路的人被我撞开，我用脚踢手推好不容冲了出去。

胡同里的人黑压压的，我们两人铁定要吃亏，除非捅死几个，这不是我愿意看到的结果。我顺着胡同往前跑，忍不住回望了一眼，王阳手握着小刀，蜷缩在地上被人踢来踢去，有几个人在我身后追了过来，我拼命地迈开双腿，风在耳畔呼呼作响，想到我这是在逃跑，忍不住哭了起来。

后边的人没有再追过来，我走在大街上，望着来来往往的车辆和人群，听着嘈杂的声音，感到这个世界像梦境一样不真实，眼泪止不住往外涌，顺着下巴滴在地上。

王阳不知道怎么样了，他会不会被人捅死？我想到我和他是好兄弟，自己却没骨气地逃跑了，顿时感到血液在身上奔流，肠子都悔青了。

我扭头，咬着牙顺着原路往回跑，胡同里的人已经散去，四周一片寂静。

第二天，我正在教室里上自习，听到广播里念通报，内容是昨天有人在校外聚众斗殴，现已调查清楚，对参于斗殴的同学给予严厉的处分。早自习的时候，班主任已经把我揪出去骂了一顿，质问我怎么会跟那些人混在一起，让我写份检讨，在班会上念。

因此广播通报批评我的时候，尚不知情的同学们都扭头看我，我故意不和他们对视，低着头听着处置的结果：王阳被开除了，我留校察看。

放学的时候，林岚在车棚里等我。

“事情我都知道了，对不起。”

“你怎么知道的？”

“今天王阳来学校找过我。”

“他怎么样？”

“头破了，戴着一顶鸭舌帽。”

“他怎么没来找我？”我问，心想他一定是生我气了。

“不知道，他没说为什么没找你，但我猜他是觉得愧疚吧。因为你是个好学生，他可能认为是他连累了你。他跟学校的解释是，他们在校外打架，你路过看到，去劝架，也被打了，出手是正当防卫。”

“那帮人怎么样了？”

“王阳说他已经想到解决的办法了，他说以后不会有人再来找事儿了。”

“什么意思？”

“我也不知道。”

我和林岚一起骑车回家，路上再也没有说一句话，我在想王阳会以什么方式解决这个事情。林岚想什么，我不知道，她一副心事重重的样子。

再次见到王阳是在大街上，我看到他和一帮人风风火火地进了网吧就跟了进去。

我找到他，坐在旁边聊了一会儿，得知他和另一帮人混在了一起。

他说：“那些人已经被我教训过了，应该不敢再骚扰林岚和你，如果你遇到什么麻烦就打这个号码找我。”

他从网吧收银员那儿拿了支圆珠笔，把呼机的号码写在我手上。

“上次的事，我很内疚。”我充满歉意地看着他。

“不怪你。”他说，“如果我是你，我一定会选择逃掉，要不就得像我现在这样，没心没肺地混下去。”

我们沉默。

我忽然想到了一个问题，说：“那林岚怎么办？”

王阳笑了，说：“我俩之间也没发生过什么，不用负责到底吧。”

“你不是很喜欢她吗？”

“那又能怎样？我这说不定哪天就进局子里去了。林岚是个好女孩，你替我好好照顾她。”

我心里思索着，不知该如何回答。

“后来我想了想，那封情书不可能是编的。”他冲我挤挤眼，“就这么定了啊，找我的时候，呼我！”

06

高中二年级的时候，学校对早恋的管理非常严，我和林岚在学校里几乎不怎么说话，碰面了至多打个招呼。周末偶尔陪她去琴房练琴时，我经常会有她是我女友的错觉。事实上，我根本没有向她表白过，我害怕她会拒绝我，这样连朋友也做不成。

或许正是因为我的理智，才得以每天都和她在固定的地方碰头，然后一起骑车回家。

其实林岚也没什么需要我照顾的，她是个聪明的女孩，清楚地知道自己想要的是什么，并且肯为之努力。如果不是去了她的家，或许我都无法了解到这一点。

那天晚自习放学下起了小雨，我们都没有带伞，送她到胡同口的时候，她问：“要不要去我家避会儿雨？”

“可以吗？”

“今天只有我一人在家。”

我随着她穿过客厅，顺着木质楼梯上了阁楼。这是我第一次去女孩的家，内心既好奇又紧张。卧室不大，却布置得很漂亮，有一丝若即若离的香甜气息在空气里飘荡。她拿毛巾给我擦头发，然后又去泡了一杯茶，我接过杯子的时候，无意中触碰到她的手指，我感到心脏怦怦地剧烈跳动，就像第一次见她的时候那样。

我终于没有抑制住内心的冲动，捧住了她的手。她有些慌乱，把杯子递给我，抽出了手。

我们俩都觉得尴尬，我开始后悔自己不该如此冲动，以后再也不能平静地相处了。我装作浏览卧室，望着墙上挂着的几幅水墨山水画。

“这是你画的吗？”我没话找话地问。

“嗯，小时候学过一段时间国画。”

“怪不得，画得那么像——国画。”我开了个蹩脚的玩笑，内心掠过一丝自卑，与她相比，我简直一无是处。

“不过现在早已不画了，我发现我更喜欢音乐。”

她走到书架前，从中抽出一个薄薄的小册子，递给我。

这是一所艺术院校的招生简章，上边有开设的专业和考试时间。在我翻看的时候，她走到我的身边说：“我的理想是考到这所学校，继续学钢琴，争取毕业后留在北京，然后把妈妈和姥姥接过去。”

“那你爸爸呢？”刚问完这个问题我就后悔了。

“我们家只有我和妈妈、姥姥。”

“对不起，我不该问的。”

她笑了一下，岔开话题说：“以前没机会告诉你我的想法，现在想来再不跟你说就来不及了，今年正好高二可以参加高考，所以我准备参加这所学校的艺术特长考试。”

我看了招生简章上的考试时间，问：“也就是说，你马上就会离开这儿？”

她点头说：“妈妈已经先去北京帮我联系辅导老师了，明天我去学校申请一下，就准备走了。”

我捧着杯子，无声地喝着茶，不知道她往里放了什么茶叶，很苦，难以下咽。我一口气饮下半杯，然后放下茶杯，说：“我该走了。”

然后“噔噔噔噔”急步下了楼。

推着自行车往外走的时候，心酸的感觉无以言表，雨点洒在我的脸上，我抹了一把，不知是雨水，还是泪水。

“林轩。”她叫住我，“给你伞。”

“不用了。”

“那你等等我。”她收起伞，温柔地说，“我想送你一次。”

我们骑车经过那条熟悉的街道、图书馆和三三两两撑着伞的行人。以往都是我和王阳骑车飞快地穿过这些古旧的街道，这次却骑得很慢，我们心照不宣地磨蹭着，或许这是我们最后一次同行。雨越下越大，如同整个世界的森林都在倒塌。我怕林岚淋湿了会感冒，想让她先回去，但又不想轻易地就这么和她分别。正在矛盾之中，林岚打破了沉默，她隔着雨幕，冲我大喊：“林轩，你的理想是什么？”

冷不丁地被问到这么个问题，我一时找不到答案，只好大声告诉她："我不知道。"

"你和我考一个学校吧！"

"可……我什么特长都没有！"

"你有，你瞒不了我的。我知道那封情书是你写的，你文采那么好，应该自信一点儿的。"

我不知道怎么回应，只好沉默着，雨顺着头发往脸上淌，心里想，我或许应该感谢这场暴雨，它让林岚有了和我打开心扉的机会，又掩饰了我的狼狈。在暴雨里，怎么悲伤，怎么流泪，都不会被看出来了。

我们一路走走停停，离家越来越近。我不敢贸然邀请林岚去家里，我害怕父母会问来问去，害怕父母说你们不是一路人。

"我到了，你回去吧。"我冲她挥手，她停住了车，没有继续跟过来。五米，十米，我强忍着多看她一眼的冲动，头也不回地朝前走。只是忍了几十秒，我就放弃了，我怕人生意外，我怕世事无常，我担心这么分别之后就再也见不到她。想到这儿，我刹住车，回头寻找，可是暴雨已经把我们隔绝在两个世界。

突然，林岚的声音穿过层层雨幕，来到我的耳边，她说："林轩，加油！我相信你可以的！"

07

林岚悄无声息地走了。

教室里，我望着老师的背影，心想，也许就在这个时刻，林岚收拾了书包和行李，离开了这个城市，我甚至都没有去送别。可是，就算去了又有什么用呢？我既不能像小说男主角那样霸道地吻她，把她拥入怀中。又不能像电影里演的那样，骑着轰鸣如雷的摩托去追火车，给她惊喜，让她感动。所谓的现实也许就是这样：你清楚地知道小说和电影为你的行动提供了无数的参照对象，却不能采用任何一个来解决你所面临的困境。

我知道最终的解决办法只有一个，就是像林岚说的那样，我和她考到同一所学校，一切的故事才有了继续下去的可能。

春节过后，学校提前开学。

收到了林岚来信，总共也没几页，却花了两节课才看完，平均每句话读三遍。

她的钢笔字很漂亮，可能是因为爱屋及乌。信里说，她在北京上考前班，辅导钢琴的老师人很好，学费也很贵。妈妈陪她住在学校旁边的宾馆里，为她洗衣做饭。她不用为任何事情操心，除了练琴就是做题。北京的冬天很冷，很干燥，为了使皮肤不至于皴裂，每天要涂很多保湿霜。比较起来，还是家乡的气候适宜生活。北京很漂亮，遍地名胜古迹，她还没来得及去看，嘱咐我要加油，等我考到北京，一起去玩。

信纸的背面还有一段文字：每个人都有属于自己的一片森林，也许我们从来不曾去过，但它一直在那里，总会在那里。迷失的人迷失了，相逢的人会再相逢。

看到这句话，我内心有什么东西忽然萌生，就像饿极了的小动物从冬眠中苏醒。

第一次读到这句话是在图书馆里，林岚在距我不远的位置上像小猫一样静静趴着看书。在替王阳写情书的时候，特地把这句话抄了上去。而如今在林岚的来信里再次看到这句话，我和她却隔了千里之遥。

北京或许就是属于我们的那片森林，我和她终会在那里重逢。

林岚留的地址是一个旅馆，说给她写信的话，可以寄到这里。

给她回信的过程中我总是写写停停，我找不到更合适的措辞。就如同一个人太想把某件事做得完美了，反而无从下手。这封信我写了一个月才完成，给她寄过去的时候，已经将近春天。

我告诉她，我已经决定报考那所学校，招生简章里有一个文学类的专业，或许我可以试试。

我把林岚寄给我的大头贴放在钱包里，每天学习感到累得昏昏欲睡的时候，就去教学楼后把她的照片拿出来看看，看着她灿烂的笑容，我就忍不住跟着傻笑。父母对我不断上升的名次感到由衷的高兴。

母亲说：“看看你，不跟王阳玩了之后，学习成绩马上就好了起来。”

父亲接过她的话说：“提那些干什么，咱儿子本来底子就不差，现在开始努力考学也不算晚。”

母亲说：“王阳那孩子一看就不是什么好人，前些天我还在街上看见他带了一群人站在街边，估计又是打架去了。”

我问母亲：“在哪儿看见的？”

母亲说：“你管那闲事儿，上次留校察看还不够？好好学你的习去。”

自从王阳离开学校之后，我见他的次数用一只手都可以数得出来，他偶尔来学校办事会顺便找我，我们站在教学楼后面的角落里抽烟，只是没给他看林岚的照片。

他经常会问我有没有需要他帮忙的地方，我都回答没有。我在学校树敌不多，最多也就是学习上的对手，考试成绩超过他们也就行了，犯不着打架。学校里其他年级的老大，平时横行霸道，却从来没有找过我的事儿。

王阳的主业是喝酒打牌打架泡妞，这几件事都跟我没多大关系，我们之间向来不聊学习，所以渐渐失去了所有话题。王阳看我和他的生活渐渐没了交集，找我的次数也就少了。他成了一个彻头彻尾的混混，追女孩也不用写情书了，直接让手下的小弟过去打点就完事了。他的手下已经跟了不少小弟，每次在街上碰见都跟我亲切地打招呼。

王阳也越来越忙，碰见之后没有多少时间跟我这儿耽搁，客套几句就被旁人叫走了。

一直没有收到林岚的回信。

我期待着她告诉我考中理想学院的好消息，每天都会往收发室跑，收发室的大伯都被我问烦了，说你这学生不务正业。

某日放学后，我下定决心鼓起勇气去了她家。路上我已经想好了理由，如果碰见她的母亲，就说自己想问问林岚考的那所学校的情况。没有想到的是，她家已经空了。紧锁的木门上贴着招租的纸条，门廊的花盆还在，水仙已经枯萎死掉，只剩下生命力极强的芦荟和仙人掌还活着。我记下了转租的电话，打过去询问房子的主人去了哪儿，对方却说不知道。只听说女儿出息了，把家人接去了大城市。然后问我如果租的话，价钱好商量。

我说不租房，只想问问房主有没有留下联系方式。对方一听不是租房，立马搪塞一句“你问我我问谁去”就挂了电话。我再打过去，对方不再接听。

临走的时候，我把门廊里的芦荟和仙人掌偷偷带回家了两盆。

芦荟肥厚的叶子有被掰断的，我想以前林岚曾告诉我，她和妈妈用这个涂脸，可以美容。于是我把它们养在我家的阳台上，当母亲问从哪儿弄来的时候，我告诉她，特意买给她的，芦荟叶子的汁液可以美容。

母亲虽然嘴上说浪费那钱干什么，心里恐怕还是挺高兴的。

想念林岚的时候，我就拎着喷壶给它们浇水，过了一段时间，芦荟的叶子越长越肥厚，仙人掌却死掉了。

母亲用小铲子挖开泥土，对我说：“你浇水太频繁了，仙人掌的根都沤烂了。”

08

秋天又来了，气温逐降。

每天在教室里看完新闻，我都躲出去，我不想知道那个城市的天气如何，我怕我会忍不住想她，何况北京还要播两遍。虽然我内心在责备她，却也只能无力地相信，她一定是开始了新生活，而我和这逝去的美好的、不美好的时光一起，被她抛在了身后，也许正如威尔第歌剧里唱的那样：女人善变。

冬天的时候，我终于说服自己接受了这个现实。她和我不一样，她是一个有理想并愿意为之付出行动的人，她或许一直都知道，在这里的生活不能满足她所有的期望，所以才会那么认真地规划自己的人生，最终努力离开这里。

回过头想想才明白，对待生活，她一直是那么理智。王阳追她的时候，虽然她没有拒绝，但这并不意味着接受。王阳陪她走过了人生最动荡的一段时光，保护她不受到伤害，保护着她顺利实现自己的理想，而后离开。与王阳相比，或许我更可悲，我从来没有问过她喜不喜欢我，我甚至不知道和她究竟是什么关系。如果我想把这一切弄明白，只有找到她，当面问清楚。可是，如何才能找到她？

春节放假前，学校的老大找人通知我，让我放学在校门口等他。

我以为又不小心惹了谁，内心有点恐慌，经历几次打斗之后，我变成了缺乏安全感的人，从前还有王阳跟我一起，对，还有王阳。课间休息时，我用电话给王阳的呼机留言："有急事儿找你，速回电。"

我站在公共电话旁边，一直等到上课铃响也没等到电话。我又呼了他一次，留言："我遇到麻烦了，请到学校来找我。"

放学后，有伙人在门口叼着烟等我，一看就不是什么好事情。我四处张望，没有找到王阳，心里顿时紧张起来，不由得抓紧书包。如果他们要找碴儿，我做好了逃跑的准备，我不能跟他们在这儿打架，我不能被学校开除，我得继续念书，我得考到北京，我得见到林岚。

为首大哥模样的人冲我招招手，说："你过来。"

我警惕地推着车过去。奇怪的是，他们没有动手的意思，我问："找我有什么事儿？"

大哥说："王阳让我给你一样东西。"

我看到他掏出那把熟悉的瑞士军刀，心里掠过一丝不祥的预感，我问："王阳怎么了？"

大哥说："昨天他出了点事儿，被拘了。"

难怪他没有回电话，我急切地问：“为什么被拘？”

“挺多事情搅和在一起，我也说不清楚。最近风声比较紧，打架斗殴、赌博什么的都有可能，警察已经盯他们很久了。”

“会判刑吗？”

“不知道。他父亲正在忙着找人，或许能少判几年。”

我们都没再说话，想着心事。

最后他打破沉默：“王阳以前跟我说过，你是他的兄弟，让我罩着你，我看你也不是个坏学生，不会出什么事儿，就没找过你。”

我忽然明白了为什么没有人找我麻烦。

那人继续说：“他托我把这把刀转交给你，但是没留什么话，你知道什么意思？”

我摇了摇头，“不知道。”

那人说：“我估计他是怕被判刑，几年都出不来。你们俩以前跟一帮人有过节，他可能是担心这个。不过，不用担心，如果有事儿的话来找我，或者直接跟他们说。”

他指了指身边的几个人。里边有几个我面熟的，我冲他们点点头。

回家之后，我问父亲认识不认识公安局的人，父亲警惕地问：“你不是犯什么事儿了吧，最近严打，满大街都在宣传。”

“王阳被抓起来了，我想去监狱看看他。”

“就算有认识的人你也不能去。你假期里好好准备你的考试吧，过完春节就要去北京了，别再节外生枝。”

我有点后悔说出这件事，父亲不知道还好，知道后反而把我看得更紧。大年三十晚上，我终于钻了个空子去了王阳家。他家人对我非常热情，又是倒茶，又是端水果。他父亲感慨：“王阳这孩子不正经，如果像你这样听话就好了。”

我说明了来意，他父亲说他一次都没有去探过监，都是他母亲去的。我想大概是他拉不下面子。

她母亲说：“明天大年初一，我去给他送饺子，如果你想去话，跟我一起。”

第二天一大早，我给王阳拿了条烟，她母亲抱着一个保温饭盒，我们一同来到看守所。王阳看到我很惊喜，隔着玻璃窗冲我笑了一下。他穿着囚衣，看上去松松垮垮的，不怎么合身，也有可能是瘦了。头发也被剃光了，显得落魄。

他母亲握着听筒还没说话就啜泣起来，她抹了把眼泪，把听筒递给我，说：“你们聊吧。告诉他，让他往好处学。”

我接过听筒，却不知道该说些什么。

“东西你收到了？”王阳问。

“收到了。”

“不到万不得已不要用。”

“你放心吧，打不过我会跑。”我自嘲地说。

“好汉不吃眼前亏。”王阳笑了笑，“进来之后我算是悟出这个道理了。不过，如果他们找你碴儿，我出狱之后饶不了他们。”

“你什么时候出来？”

“刚进来，还没定刑，大概过完年就判了。”

“你在里面别逞强，好好表现，争取早点出来。”

“你什么打算？”

“过完年去北京参加考试，我想报艺术类的学校，录取分数不高，好考一些。”

“你肯定没问题，在我认识的人里边就属你有才华。林岚呢？她怎么样？”

“她已经考到北京了，不过联系不上。”

“刚进来那几天，我晚上失眠睡不着觉，就老是想起你和林岚，想起咱们上学放学一起玩有多开心。恐怕我以后再也见不到她了，还不知道要在这儿待多长时间。如果你见到她，代我向她问好。”

我想安慰他几句，狱警却走过来，说时间到了。王阳站起身往回走，走到门口停住了，我以为他要回头，他却没有。他只停了一秒，便头也不回地进了铁门，大概不想让我看到他脆弱的样子。

09

正月十五，也就在王阳宣判前一天，我踏上了开往北京的列车，兜里揣着那把瑞士军刀，用开水烫过之后，削苹果用。睡到午夜，我被噩梦惊醒。那几天总是做着重复的梦：放学路上跟人打了起来，用刀子捅死了一个人，被抓到监狱里，碰到王阳，我说："我来陪你了，你看，其实我们是一路人。"醒来后，我站在走廊上，望着窗外漆黑的夜晚，烟花不时在夜空绽放，我计算着，差不多距家已经一千多里了。

北京没有想象中漂亮，空气质量很差，天总是灰蒙蒙的，让人觉得憋闷。北京的冬天比想象中更冷，应该是风大的原因，终于体会到什么叫作刺骨寒风。行人都戴着口罩，裹着围巾。路上看到穿短裙的女孩，我就安慰自己这不是什么问题，习惯了就好。然后想到林岚，不知道她会不会在冬天里穿短裙，是不是早已习惯北方的寒冷。我不由得想到，自己走的就是林岚曾经走过的路，一想到她的绝情，我身心俱冷。

我找到了林岚曾经留给我地址的那家旅馆，住在她曾经住过的房间——我想通过这种方式去激励自己。

校园里一片萧条，只有开考那天才聚了一堆操着各地口音的家长和考生。考试结束之后，我把教学楼看了个遍，找到了琴房，隔着玻璃看着里边古旧的钢琴，我想这就是林岚理想的地方，已经离我近在咫尺了。

专业复试成绩发榜的时候，我没有看到自己的名字。我站在寒风里，裹紧大衣，怕自己会忍不住哭起来。

回到家之后，父母安慰我说考个普通的大学也可以，不是非要考那么远。

我告诉他们，我必须上。

复读一年，我拿到这个学校的录取通知的时候，不禁喜极而泣，刚入校我就开始寻找林岚的踪影。

我所熟悉的都是本专业的同学，和其他系的同学几乎没什么交际的机会，只好在空闲的时候去琴房晃，那么多的琴房，一天换一个守，不信她不出现。

中秋节我应邀参加了同乡聚会，到场的有高年级的学长和学姐，我终于逮着机会，挨个儿向他们打听："认不认识林岚这个人？学钢琴的。"

他们都没听说过这个名字，平时都是一个老师带几个学生，公共课才在一起上，但好像从没听老师点过这个名字。最后有个学姐提醒我，可以去院系办公室问问教秘。

第二天我就去了办公楼，请教学秘书帮忙找个人。他把钢琴专业的学生名册拿出来，翻了一会儿，说没有林岚这个名字。

难道是换了专业？我又查了古筝，还是没找到，又查了小提琴、二胡，教秘问："这个人跟你什么关系？是你女朋友吗？"

"她是我家亲戚，我堂妹，不信你看我的学生证，我叫林轩。"

"你确定她考上了？"

"我点了点头。"

"哪一年？"

"两年前。"

“如果她考上的话，今年也该大三了，你大几？”

“大一。”

“那该是你姐姐吧？”教秘诧异地问。

“我学习不好，所以复读了。”

“没有林岚这个人，有可能没考上。”教秘指了指墙角，“这几年报过名没有被录取的都在那里，你可以去找找看。”

我蹲在角落，一页一页往下翻，没有被录取的人太多了，翻了几百张，手酸脚麻的时候终于看到了她的名字。

她在一寸照片里冲着我微笑。

当我明白事情真相这一刻，我忍住涌上心头的酸楚。

林岚，这个倔强的女孩，她不是绝情，也不是善变，只是不想让我知道她败在了理想上面。

我手拿报名表屏住呼吸问：“能不能让我复印一份？

教学秘书头也没抬，说：“送你了，反正留着也没什么用。”

报名表上有她的手机、QQ 号和电子邮箱。我心潮澎湃地想，这下或许可以联系到她了。我发信息给她，说我找了那么多年，终于找到了她的联系方式。我非常想念她，希望能够见她一面，无论她在哪儿。

她没回。

我打过去，是空号。

我加了 QQ，却长期看不到她上线，给她留言也没有回复。

最后，我只好给她写了一封 e-mail：

林岚：

见信好。

给你的这封信，大概酝酿了很多年。多年前你给我的地址已经失效。所以这封信在我脑海里反反复复地修改过无数遍。

你大概不会知道，五年前，我第一次见到你就喜欢上了你。我们隔着书架对望了一眼，我已经在心里暗暗许愿，这辈子，就是你了。所以，每天你在图书馆静静地看书时，我在一旁静静地看你。那个夏天，由于你的出现，我的人生发生了改变，我发现了还有比友情更弥足珍贵的感情。为了得到这份感情，我每天都泡在图书馆里，学着做一个乖孩子。

我在想，如果没有遇见你，或许我现在会在监狱里，像王阳一样，守着铁窗过着羞辱的日子。我最后一次见他时，是隔着监狱里厚厚的玻璃窗，王阳说他怀念与我们在一起的日子，他让我见到你的时候代他问候你。

可我不知道怎么才能见到你，我以为你考到了理想的大学就和过去说再见了，你不理我是因为我属于你过去的终将告别的那一部分。我不甘心，于是选了一个最笨的方法，也考到了这儿。直到今天我才发现，你并没有在这里。

如果我早一点得到这个消息，也许就不会那么辛苦地考到这里。我本是为你而来，你不在，它对我来说，并无太大的意义。我想过，也许这就是命运，我要开始属于自己的生活就必须忘掉你，可我无法做到。

多年以前，我们分别的时候，你问我我的理想是什么，我说我不知道。我没有撒谎，但是也没有说完全。当时，我确实不知道我的理想是什么，我能想到的唯一能算作理想的东西，就是和你在一起。

林轩

××××年×月×日

10

直到我从那所学校毕业，也没有收到她的回信。

我大学期间谈过两次不成功的恋爱，因为拮据，没有足够的零用钱陪女友今天喝杯咖啡，明天看场电影，也没有那么多空余的时间陪她逛街。

爱情的失意让我更多地把精力放在专业上。为了挣零花钱，我在课余时间干起了枪手，这样的日子，时间变得紧迫，但我仍会想念林岚，想知道她的消息，想与她再次重逢。

毕业后和几个同学一起签了影视公司，主要工作是写剧本，跟枪手不同的是，可以正正规规地署上自己的名字。由于常年生活在北京，已经适应了这里的气候，偶尔也跟剧组去外地片场，昼夜颠倒地生活。

工作稳定之后，父母常打电话催我找个女友，别跟这个谈谈、和那个谈谈，最后一个也没落下，还把自己给耽误了。

我说知道。

母亲说："王阳都结婚了，听说小孩都快生了。你看看你俩同岁，你现在连个女朋友都没有。"

不得不提到王阳。

他坐了两年牢，出狱后他父亲投资让他做起了生意，后来发了笔小财，找了个女朋友，奉子成婚。

父母帮他买了栋算得上豪华的房子，过上了幸福的小日子。

王阳的婚礼我没有参加，当时我念大四，在准备毕业论文，手里也没有钱，连红包都没给，我知道自己有点过分，打算以后经济宽裕了，给他补个大的。后来写剧本，的确挣了钱，却总抽不出空回家。回家过春节了，探望亲戚的时间都不够，就更没有时间去找他——我知道我是在找借口，我是不想面对他，我怕面对他的时候，我不知道该说些什么。我们早已走上截然不同的道路，年龄在变，相貌在变，生活也在变，唯一没有变的就是我们一起度过的时光，还有他送我的那把刀子。

奔波的旅途中，我已习惯把它带在身上，仿佛只有刀在我身边，我才有安全感。这把刀常年被我用来削水果、开啤酒、拧螺丝、剪指甲，那个十字标志已经完全磨掉了。

不过，有次它还是发挥了最初的功用。当时我和同事接到老板电话，要求我们立即赶往上海进组改戏。老板不够大方，只报销火车票，赶上节假日客运高峰，车厢里人多且乱。我睡眠比较轻，稍微一点风吹草动都能把我惊醒。半梦半醒间，我看见一个黑影站在铺前，踮着脚翻同事皮包，也不知道我放在旅行箱里的钱包是不是已经被他摸走。我把手伸进裤兜里，掏出刀子，顶住他的后腰，厉声喊："不许动！警察！"

下了火车，同事要请我吃饭，说幸亏有我，要不然那万把块钱不知道这会儿在谁兜里揣着。其实我不只是为了他，我也担心我的钱包被小偷摸走，现金虽然不多，身份证，银行卡一大堆，补办起来太麻烦，最重要的是，里边还有张林岚的一寸照片，这是她留在我这儿的唯一印记。

这些话，我只是在心里想想，没跟同事说。窝在宾馆里改剧本那段日子，同事经常念叨着，还欠你一顿饭呢。同事说有家饭店不错，来上海旅游的人，都要去坐坐，吃顿饭，喝杯咖啡什么的。

剧本完工后，我俩打车去了他说的那家饭店。环境优雅，服务周到，餐后还免费赠饮咖啡。咖啡厅就在旁边，我们坐在柔软的沙发上，边喝边聊。

"那女孩你认识？"同事问。

"哪个女孩？"

"她老往这儿看。"

"谁？"

“弹钢琴那个。”

我这才注意到不远处有一架钢琴，有个女孩坐在琴凳上，穿着黑色的晚礼服，垂肩长发，舒缓的钢琴声慢慢飘来。

她弹的是李斯特的曲子，指法娴熟，比一般咖啡馆里请的那种兼职钢琴手专业许多，以至于我误以为是播放的CD。

女孩微闭着眼睛，沉醉于优美的旋律，翻乐谱的间隙朝我们这边瞟上一眼。视线交接的那瞬间，我感到整个世界顿时缓慢了下来，林岚，我心里默念出这个名字。

“你果真认识她？”同事拿过我的钱包问。

“她长得有点像我一个高中同学，我们等她下班，跟过去搭个讪。”

“嘿，来好戏了！”同事很兴奋。

女孩下班后，我和同事迅速结账，跟了出去。

她挎着包，拎着裙角顺着台阶往下走，我在内心盘算着怎么跟她打招呼，是像年少时那样从她身后悄悄跟过去，蒙住她的眼睛让她猜猜我是谁，还是稳重地走过去，跟她握手说“你好，我们终于见面了”。

但我发现这一切都已经迟了。

一辆黑色轿车缓缓停在路旁，车门打开，一个小女孩蹦了出来，跑过去抱住她的腿撒娇，一个中年男人接过她手里的包，替她打开车门，又跑回驾驶室。

她坐在车里，朝我们的方向望了一眼，然后摇上车窗。汽车打着转向灯，驶入千百辆汽车汇成的车流中，消失不见。

我站在台阶上，愣愣地注视着汽车消失的方向。

同事碰了碰我，我接过他手里的烟，点上，抽了一口，说：“妈的，长得太像了。”

11

林轩：

收到这封信，我知道你一定会很惊讶。

我翻看着信箱里你那封e-mail的落款日期，觉得日子过得好快呀，一转眼六年的时光就消失不见了。一直想给你写信，却不知该如何向你诉说我的生活，我怕你知道我过得不好，为我牵挂，我又怕你知道我过得很好，你心里难过。

最近几天失眠，一闭上眼我就想起你的样子，想起多年以前我们在一起的生活。我已经很多年没有梦见过你了，我以为我早已把你忘记，没想到上天又跟我开了一个玩笑——前几天我在咖啡馆弹钢琴的时候看到了一个长得很像你的人。当时我着急和老公一起回家陪女儿过生日，没来得及去问到底是不是你。这么多年，我一直没有联系过你，不知道你心里是否责怪我。希望你看过这封信后能够理解我的苦衷，这样我才能安心。

我不记得有没有告诉过你，我为什么只和妈妈、姥姥一起生活。我小的时候和你一样，有着一个幸福的家庭。爸妈特别宠我，他们觉得我有艺术天赋，就请家教让我学习琴棋书画，直到我渐渐长大了，发自内心地热爱上了这些，可是我的家庭却出现了问题。

我所感受到的幸福只是假象。从妈妈衣柜里翻出离婚证那天，我蒙着被子哭了很久。那天我才知道他们早已离异，我被判给了妈妈。他们商量好一起瞒着我，直到我读大学。擦干了眼泪，我决定把离婚证藏好，在妈妈和姥姥面前假装什么都不知道。

初中毕业那个暑假，我发现图书馆是个好去处，我可以整天待在里面不出来，直到晚上关门，回家直接上楼睡觉，不必每天面对妈妈和姥姥，在她们面前演戏。我们就是在那儿遇到的，我以为你也是一个家庭破碎的孩子，靠书里营造的虚幻世界来使自己忽略痛苦的现实。

那时的我每天都写日记，记录着一点一滴的生活。现在这些日记就在我旁边放着，上面密密麻麻地记录着我们刚相识时候的事情。我发现每看一本书，都会在书本后面的借阅卡上看到林轩这个名字，我暗暗猜测，或许这就是你的名字，因为你不像其他同龄的男生那样浑浑噩噩地混日子，整天泡在游戏室，打架，冲好看的女孩吹口哨……所以，从那个暑假开始，我渐渐对你产生了好感。

我们很幸运地分到了同一个高中。

那时候的我很没有安全感，经常有男孩在路上拦住我问我的名字，非常讨厌。我收到了很多男生的信，信里各种奇怪的话，表达的都是一个意思。我当时也想干脆找个男朋友算了，或许就能够从恶劣的家庭生活中解脱出来，但是我又不愿意轻易地跟一个男生在一起，得不偿失。

直到后来，我收到了一封不一样的信，是王阳塞给我的，署的是他的名字。但这瞒不了我，我们俩一个班，他能写出什么样的文字，我心里清楚得很。要么是抄的，要么就是找别人代写的，后来，我看到你和他关系很好，忽然就明白了这是怎么回事儿。

从你的信里得知王阳坐牢，我心里难过了很久。当时你和他因为我跟校外的人打架被学校通报，他为了不连累你和我，自己扛了所有罪责，被学校开除。他为了保护我，保护我们，走上了一条不可回头的道路，我和你都对他有所亏欠。但这就是命运，如果不是他那么做，你我甚至都无法顺利地毕业，去考我们想读的学校，去追求我们想过的生活。

当时我做梦都想离开那个破碎的家，所以才会在高二就去参加高考。那年我同时报了三所不同的艺术学院。我记得我给你写过一封信，但我等了很久都没有收到你的回信，后来赶着去上海参加考试，就退了旅馆的房间，和妈妈来到了上海。

刚到上海没多久，接二连三地遭受家庭的变故：姥姥因病去世，爸爸正在筹办他的新婚礼，而我收到上海这边的学校的录取通知。妈妈一个人回家处理了所有的事情。不久之后听说爸爸的生意也破产了——他的新娘卷走了他所有的积蓄，不知去向。他再也没有钱支付我的生活费，妈妈就把家里的房子卖掉，到上海和我一起生活。为了交房租和我的学费，妈妈什么工作都干过。像她那么大年纪的人，想在上海这样的城市找个像样的工作完全是没有希望的，她就去饭店里刷盘子，一天到晚累得浑身酸疼，还不能跟我诉苦。后来还是被我发现了，我就想办法和她分担生活费用，我开始做兼职，教小孩子弹钢琴，每天除了上课还是上课，虽说生活好过了点，却把时间都占得满满的，没有时间，也没有心情跟你联系。

收到你的e-mail时，我刚交男朋友，也就是现在我的老公。他比我大九岁，离异后女儿跟着他。本来我只是他女儿的钢琴老师，但是我看到家庭破碎的小孩，总是忍不住特别地关爱，因为我曾经没有真正地得到过这些，这些关爱久了，我就不知不觉成了她的继母。现在妈妈跟着我们生活，一家四口过得很幸福，虽然这样的生活并不是我最初想要的，但拥有这些已是不易，我心已满足。

就像你信中所写的那样：每个人都有一片自己的森林，迷失的人迷失了，相逢的人会再相逢。我不想跟你联系，也是因为我想过，或许我们会重逢。我会当面告诉你所有的事情，把从前不完美的过去，画上一个句号，这样它就真的过去了。

直到那天，看到那个长得很像你的人，我在想，也许我们再也无法遇到了。但我还是想把一切跟你说清楚，所以才写了这封信给你。最后，我想跟你说，忘了我吧，开始属于你自己的生活，这个或许才是我们之间最好的结局。

林岚

××××年×月×日

12

飞机就要落地了，在跑道上颠簸了一下，坐在我旁边的女孩紧紧攥着我的衣袖，待飞机完全停稳之后她才松开手，满含歉意地看着我笑了笑。

我轻轻点了下头，说："没关系。"

她眨眨眼，问："你没认出我来？"

我疑惑地看着她，说："你一坐下我就认出来了，你不就是在安检时候拍照片的那个吗？"

她捋了捋头发，说："你再看看我，仔细想想！"

我上下打量了她，微笑着说："不好意思，我实在是想不起来。"

"你在那个××学校读过书吧？"

"是啊。"

"我是你的学姐啊！"

“学姐？”

“我音乐系的！大学时候我们老乡聚会，你也在，你那时候还到处打听一个女孩，叫什么名字来着，我给忘了，太久了。”

我这才想起来，就是她指点我去找教秘，我才找到林岚的报名表和照片。

下了飞机之后，我们俩并排站在走廊里等待运送行李的拖车。我们像久别重逢的老朋友那样开心地聊着过去在学校里的生活。

临别时我们互留了电话，约好要常联系。

过完春节，亲戚都走得差不多了，我每天躺在床上看小说。学姐发信息说：“假期实在无聊。”我回复她：“我还得在家待几天，实在无聊的话，来找我玩吧。”她说：“那就这么定了，我明天就去。”

学姐家所在的城市和我家离得不是太远，最多两个小时的车程，想见面非常容易。

第二天，我去车站接她，大老远就看见她拎着大包小包冲我挥手。

“来玩就是了，还带这么多东西。”

“过年嘛，当然要给叔叔阿姨准备点见面礼了。”

我跟父母介绍说：“这就是我跟你们提过的，在飞机上遇到的那个学姐。”

学姐接着我的话说：“其实我还没有林轩大呢，他一口一个学姐，都快把我喊老了。”

我很少带女性朋友回家，父母的热情超乎我的想象，就如同找到失散多年的女儿，一见面就嘘寒问暖，还怪我不事先打个招呼，都没时间好好准备午餐。说着，母亲去了厨房，学姐也跟进去了，对母亲说过年在家都吃胖了，家常便饭就好了，捋起袖子跟母亲边聊边忙活。

我看着她们忙碌的身影，也插不进去手，就去客厅和父亲一起看电视。父亲点了一支烟，眯起眼睛问我："这姑娘看起来不错，有男朋友没有？"

"还没来得及细问。"

"你该上上心了。"

"这才刚认识，别着急。"

那顿饭比我想象中还要愉悦，融洽得像一家人。母亲还揭短说："林轩这孩子，长这么大连饭都不会做。别看他读了不少书，会写点东西，其实笨得很，上学的时候养棵仙人掌都被他给淹死了。"

我有点尴尬地看着学姐，她笑得像朵花一样灿烂，说："没想到你还这么笨。"

吃完饭，我和学姐正要收拾碗筷，母亲站起来说："不用你们帮忙了，出去玩吧。"

我骑上电瓶车，她坐在后座上扶着我的腰，我们在这个到处都洋溢着节日气息的小城里穿梭。路边的雪人尚未融化，红色的鞭炮纸屑遍布马路两侧，空气里飘浮着春节特有的硝烟味。我们经过的每一条路都有着我和林岚曾经的足迹，想到她在远方的城市里一家四口过着安乐祥和的生活，我忽然有些伤感。

我带学姐去看我念过的学校，学生正在过寒假，校门紧锁。我和学姐站在我读高中时常年经过的街道旁，我和王阳曾经在那个胡同和人打架，更确切地说，是被人打。许多年过去了，围墙更加破败。

学姐说：“所有的学校周围的景色都是这么相像。”

我们路过图书馆，我往里瞥了一眼，里面的书正在打折出售。

学姐问：“你要不要买书？”

我们把车停在门口，走了进去。

图书馆的管理员正在喊着所有的旧书都打折出售，八块钱一斤。

我问：“怎么这么便宜？”

管理员说：“现在的孩子都喜欢上网，谁还来图书馆看书啊，以前的读者俱乐部现在已经倒闭了，正在改建成电子阅览室。所以趁春节期间把所有的旧书都减价卖掉。要不要挑几本？”

我和学姐翻着面前成堆的书，许多书已经破旧得不成样子，这么多年过去了，不知道有多少双手翻过它们，也不知道翻这些书的人都经历过什么样的故事。

学姐拿起一本，对我说：“这是我大学期间最喜欢的一本小说了。”

我看了一眼封面，说：“里面有句话，我记了很多年。每个人都有属于自己的一片森林，迷失的人迷失了，相逢的人会再相逢。”

“说的不就是我们嘛！”

“是啊，还真是的。”

“快看，有个人跟你重名呢。”

我从她手里接过写有我的名字的借阅卡，突然，我看到了紧紧挨着我的名字的两个字：林岚。我迫不及待地把我能记着书名的所有读过的书都找出来，把每张卡片都抽出来翻看，感到我的心脏都快被这些名字揉碎了，每一个林轩的后面都有一个林岚，他们在这泛黄的卡片上，挨得那么近。

“你哭了？”

“我没有。你干什么去？”

“我去找个瓶子给你接着，我还没见过男生流眼泪呢。”

她走了出去，并没有去找瓶子，只是站在外面，看着来来往往的行人。

她是个体贴的女孩，没有问我为什么掉泪。我也从来没有问过她的过去，我不想过多了解她年少时曾经度过怎样的时光，因为我知道，每个人的生活里一定有过一个林轩和一个王阳，也许会有更多。而渐渐长大成人的我们都应该相信林岚那句话：忘掉过去，或许才能开始新的生活。

回去的路上，我们一句话也没有说。她坐在电瓶车的后座上，双手紧紧搂着我的腰，静静地靠在我的脊背上，陪我穿过那些曾无数次走过的街道，并渐渐把它们抛在身后，就像不断前进的时间会把旧日的时光抛在身后一样，无时无刻，无声无息。